ももしろ

「強ェ女…」そう呟いて

甘くとろけるキスをした

 そんなあたしの高校生活…4

 王子と偽造恋愛…26

S♥3 まさかの宿泊スキャンダル…60

S Kareshi JyoJyo
Contents

求愛大作戦…102

愛のハカリ方…146

愛のハカリ方(克穂SIDE)…216

絡まるトライアングルデート…226

Cover design：CREATIVE STATION BEE-PEE
Cover Photo by AFLO

そんなあたしの高校生活

タッタカターー
軽快に足を進める。
肩より少し伸びた猫っ毛のまっすぐな髪。
それをなびかせて、黒目がちな二重の瞳を輝かせる。
中肉中背、体型としては少々発育遅れ。(余計なお世話！)
全体的に少し幼い印象を与えるらしい。

そんなあたしは、今日から憧れの女子高生。
なんと全寮制のこの学校。
制服がすごぉく可愛くて、学食の味はレストラン級。
都内の中学生、憧れの学校だったりする。
ずっとずっと入りたくて、必死に勉強したなぁ…。
あぁ思い出すだけで中指のタコが痛むわ…。
鉛筆だこが出来るなんて、どれだけあたし勉強頑張ったんだろう…。
ホロリとハンカチで涙を拭う。

真新しい制服。
すぅっと鼻を膨らませてその独特な匂いを嗅ぐ。

あぁ！なんて幸せなのッ
憧れだったこのスカート！
赤地に深い緑のチェックのスカートをヒラヒラとなびかせてクルクルと回る。

合格が分かった時は一家大騒動。
一人っ子のあたしが寮に入るって言ってパパは号泣、計算高いママは「でかした愛娘ッ」と大きくガッツポーズを決めた。
なぜガッツポーズかというと…。
実はこの学校、超がつくほどの金持ち学校。
お嬢もボンボンも大集結のより取り見取り。
「可愛い子を産みなさい」なんて渡された安産のお守り。
パパが泡を噴いてひっくり返るとママは「冗談に決まってるでしょー！おほほ」と笑ってた。…でもあの顔は本気だったと思う。
あたしは全くのウブ女。

幼稚園から中学校まで私立の女の花園で生きてきた。
パパからママにパスされた教育方針のおかげで高校はこの学校を受験するのをＯＫされた。
ずっとずっと憧れてたこの制服。
高校生活。
（ステキな出会いが待ってたりしてッ）

ムフフと口をくにっと曲げる。
そうしてる間にこれから生活するあたしの"パラダイス"に到着した。

そう…"パラダイス"という名の建物である。
どこかの国の洋館を思わせるクリーム色の建物。
左右対称に伸びる4階建て。
その中央は上から見ると大きな円形のホールのようになっている。
各階毎、談話室となっていてドアで区切られている。
その談話室の中央にこれまた円形のエレベーターを設置させているとこらへんが私立、そして金持ち度をアピールしていると思う。
そんな冷静な分析をしながら、寮へ続く煉瓦造りの蛇行道を歩く。
この建物に合わせて造られたレトロチックな建物が、校庭を挟んでもう一つ佇(たたず)んでいる。
それが"私立乙女川高等学校"
もちろん"おとめがわ"とそのまま読む。
あたしは黒い両開きの大きな扉をゆっくりと押して中に入った。

「さぁさ！1年生ですね！こちらへどうぞ！こちらの箱か

ら一枚くじを引いて下さい！運がよければステキなプレゼントが用意されていますよ〜！！」
レトロでオシャレな空気を無残にも打ち壊す、2人の姿。
鼻つき眼鏡に大きな蝶ネクタイ、ごきぶりを思い出させる不釣り合いな高級服に極め付けは"あんたが主役！"の変なタスキ。
なにか宴会場に紛れ込んだかとドアを開けてまた閉めようとしたら、ぐいぐいと腕を引っ張られ、箱の中にＩＮされた。
（な・何、ここッ）
もう片方の男の手にハリセンが握られていたので、とりあえずあたしはクジを引いた。
「「あけてッあけてッ」」
訳の分からない「あけて」コールに飲み込まれ、あたしもついに宴会系進出かと涙を呑んでクジを開く。
ペラ…

カランカランカラン！！！

大きな鐘の音が大理石で出来たフロアに響く。
（何が起こったの⁉）
周りを小刻みに見渡すあたしを、周囲の人も「どこ？」「だれ？」「小さくて見えない」と探している。
（な・何なの〜〜）
散々鐘を振り回しながら息切れ半分の二人が

「「おめでとぉーございまぁーす！！（カランカラン）」」
と大袈裟に叫んでいる。
(やっと出たな！涙)
(はぃぃっ！先輩、長かったですぅ！！涙涙)
二人の阿呆な男が涙を流している。
(…だから何これ…)
「いやぁ！あなたは本当に運がいい！うん！笑」
「みんなが羨むVIP待遇ですよ」
両脇から両肩をポンポンと叩かれる。
(この子こそ僕らを救ってくれた救世主)
(先輩！この子、可愛いっすね！名前聞いちゃいませんか？)
(よくぞ言った！我が愛弟子！)

「…コホン…、そなたの氏名はなんと申される？」
(はぁ⁉何この人達…そなたって…申されるって…)
心の中で文句を呟き、ハリセンに怯えて返事をする。
「村岡千亜稀…です」
((チーちゃんッ))

「ねぇ…」
その声に3人してハッとする。

数メートル先、シャンデリアの下に敷かれた赤い絨毯の上。
王子様椅子に座っている一人の男の人。
白いスーツを着て、長い足を組んでいる。その上に優しく組み合わされた長い綺麗な指を置いて、にこやかにこちらを見ている。
くるんと長いまつげが、その奥に輝く瞳を引き立てる。
上品にセットされた少しくせのある長めの髪。
血色のいい薄い唇は口角を上げて微笑んで、細い顎が儚げで優雅な印象を与える。
周りには、4人の可愛く綺麗な女の子が、その人と一緒にこちらを見ていた。
「三瀬くん、その子が例の子？」
にこやかに笑う顔は、死角なし。
全身から感じられるオーラは下手な芸能人よりよっぽど光っていた。
「は、はい。佐伯原様」
（様？）
「そう。じゃぁ僕が案内するよ」
「いえいえ！そこまでが私達の役目ですから！」
ふるふると手と頭を震わせている。
「祖母には僕から伝えておきます。あなた達は精力尽くして業務にあたったと」
「ありがたきお言葉」
…一瞬、本当に昔の西洋文化に紛れ込んだかと思わせる二

人の会話にあたしは意識を奪われていた。

…違う。その綺麗な王子様に視線も心も意識も奪われていた。
(かっこいい…)

「部屋へ案内します」
お姫様をエスコートするかのように自分の左手をあたしへ差し出す。
あたしが自分の手を置くか戸惑っていると「これが規則ですから」と手を置くように促した。
ドキドキと心臓は高鳴り、全身から嫌な汗が出ている気がする。顔も多分真っ赤だろう。
だって…
この建物の中にいる人達の視線が全て自分達に注がれているから。

誰も何も言わず静寂の中、彼の革靴のコツン…コツンとゆっくり歩く音だけが響いている。
あたしはペタペタと小さな体をますます小さくさせて歩いた。

エレベーターの中は無言で過ぎた。
あたしは、まっすぐドアを見つめる彼を観察していた。
色素の薄い整った横顔。まつげはくるんと上向きで鼻筋は綺麗に通っている。
毛穴の見えないキメ細かい肌に、少しくせのある柔らかそうな茶色の髪。
姿勢のいい体型。あたしは別にチビではないけど、見上げないといけなかった。

チーン

レトロな音がして、彼に促されてあたしはエレベーターを降りた。
絨毯敷きの廊下。
目の前にある大きなドア。
「え…」（ここだけ？）
見渡しようのないフロアにあたしは彼を見るしかなかった。

「ここが僕らの部屋です」

僕…
…ら⁉

えぇ？！
(あのくじの大々的に書かれてた「当たり！！」ってこゆこと⁉)
ぱくぱくと口を開けるが声の出ないあたしに彼は笑顔で話をする。
「僕の祖母の思い付きは誰にも止められません。僕が入学する時のために５年も前から温めていた企画だそうで…」
クスッと寂しそうに肩を竦めた。
(いやいや…クスッで終わらせないで…)
あたしは懇願するように彼を見つめた。
「…こんなに可愛い人と相部屋なんて…おばあさまに感謝します」
ちょっ…あの…その…
少し濡れた瞳でそんな事言わないでッ！
もう逃げ帰って学園長に抗議でもしようと思っていたのに…
そんな瞳に見つめられると…あたし…

初めて感じる、とろんとした甘い空気。
優しい彼の眼差しにあたしはコクンと頷いた。
開かれたドアをくぐって、ホテルのスイートルームを思わ

せる立派な部屋にあたしは一人感動した。
４階建だと思っていたこの寮の最上階。
中央にあるホールのような円形はこの部屋だったらしい。
部屋が２つ、ホテルのように仕切られていて鍵もきちんとついている。
「こっちが君の部屋」と指差された部屋に入り、部屋を物色した。
(そうだよね)
あたしはホッと肩を撫で下ろした。
(いくらなんでもこの企画は無茶がありすぎるもん…でも何でこんな変な企画が"絶対的"な力を持つんだろう…？)

「知りたい？」
(誰⁉)
驚く程低くて冷たい、ぶっきらぼうな声。
振り向くとドアのところに立っていたのは優しい王子様。
(今の声…誰？)
ポカンと彼を見ているとククッと笑って口を開いた。
「俺を狙って入ってくる子へのスペシャルな特典。クジで『当たり』を引けば俺と一緒の部屋になれる。それをチラつかせて入学者数を稼ごうって魂胆」
理解の出来ないこの話より、そんな企画をしたおばあさまの事より何より、さっさと明らかに違う"王子様"の雰囲気にあたしは目を丸くしていた。

(俺？さっきまで僕って…)
「あんたもどーせ俺目当てで入ったクチだろ？」
腕を組んでドアの所にもたれ掛かってる姿も納得がいかない。
「あ…あたしあなたの事なんて知りませんでした！ただ憧れて入学しただけで…それにこんな二面性のある人だって知ったらきっと入学者数も減るでしょうね！」
キッパリとそう言い放ってあたしは部屋から出ようとした。
まずこのスイートルームのような部屋から。
学園から。
浪人覚悟でこの学園を辞めようと一瞬で心に誓った。
彼を通り過ぎようとした瞬間、視界が大きく揺れた。
壁に押し付けられた体。
頭の横に彼の手が伸びている。
あたしに被さるように立つ白い影。
長い足があたしの進路を邪魔するように膝を壁につけて軽く曲げられている。
「…あんた名前は？」
近距離での妖しい吐息。
「さぁ知りません」
強気で返事をしてみせる。
本当はこんなに近くにある美形顔に心臓は破裂寸前だった。
「強ェ女…」
彼がフッと笑って言った。

その瞬間…
塞(ふさ)がれた口からチュッと妖しい吐息が漏れる。
あたしの唇を優しくなぞるように置かれる彼の唇。
しっとりと甘いくちづけ。
唇と唇が離れるとまたあたしを求めてやってくる。
彼があたしの唇を挟むように吸い上げる。
あたしは立っているのがやっとだった。
「…ッフェ…」
「俺から逃げようなんて百年早いよ」
しゃがみ込んだあたしを抱き上げてベッドへ降ろす。
「…イャ…やめ…ンンッ」
さっきよりも激しいキス。
彼の柔らかなものがあたしの中に分け入ってクチュと音を鳴らす。
同時に優しい手つきであたしの蕾(つぼみ)を探し当てる。
「ン〜〜ッッ」
「うるさいよ…」
彼の濡れた瞳…
少し赤い頬にあたしは錯覚を起こしそうだった。
その瞳があまりにも優しくて、怖くて強引なこの状況を自分が望んでいたかのように思えてしまった。
数秒見つめ合って、またゆっくりと唇が重なる。
柔らかい彼の唇が、あたしを大切に包んでくれる。
(この気持ち、何…？)

「…お前阿呆じゃねぇの?」
パッと身を離す彼。
(え……)
「最初っからそう。お前のその瞳。誘ってるとしか思えない」
(え…!?)
「受け入れてんなよ…」
彼がベッドの上であぐらをかいて、髪の毛をくしゃっと触った。
「だ…だって、怖かった…んだもん…」
あたしは乱された胸元を摑んで後ずさりして彼から離れた。
グス…と涙が溢れ出た。
怖かった。
本当に怖かった。
知らなかったこの感覚に溺れ落ちていきそうで、
そんな自分が怖かった。
「…悪かった」
自分の髪からあたしの髪へと手を移動させて、彼が優しく頭を撫でてくれた。
その瞳が悲しく濡れていて、あたしはまたドキっとしてしまう。
「…泣くなよ」
そう呟く彼をあたしは見つめた。
チュ…
さっきよりも、とびきり優しい触れるだけのキス。

驚いて口元を押さえると「欲しがってたから」と意地悪そうに微笑んだ。
今まで見た笑顔の中でこの笑顔が一番自然で彼らしく思えた。
あくまで意地悪な微笑みが王子笑顔の時よりも魅力的に感じられた。
「…そっちの方がいい…」
無意識に出てしまった気持ちを、はっとしまい込む。
手遅れは当然で彼の意表をついてしまったらしい。
一瞬固まって、あたしの肩に腕を乗せた。
「１年間ヨロシクね」
にっこりと微笑む顔。
さっきみたいに裏に何かを隠した笑顔。
彼らしい笑顔にあたしは視線を奪われる。
「どんなに逃げようとも俺、逃がさないから。
まずは千亜稀のアブナイ顔、拝ませてもらわないと」
頭に手を回してベッドに押し倒す。
あたしの上に四つん這いになる彼。
「ちょ…ちょちょっとッッ」
慌てるあたしにお構いなしの彼。
首元にかかる彼の吐息。
(ヤ…ヤバイってッッ)
コンコンコンッ
『克穂〜⁉ あなたここにいるの⁉ 入るわよ??』

玄関?のドアの開く音が聞こえる。
(ちょっ!ちょっと!人が来ちゃうッッ)
(大丈夫。大丈夫。まだ来ねぇよ)
唇が首から耳元へ移ってきてあたしは声が漏れそうになる。
(…その顔ヤバイな…)
(…えっ!?)
バタンとドアが開かれる。
「克穂!あなた、お式に出ないでこんなところで何しているのです!」
少しわし鼻の綺麗な老女性。綺麗なクリーム色のストールを肩にかけて指には光る指輪。
長めの黒い上品なワンピースが、いくつであるのかあやふやにさせる。
「おばあさま…」
(おばあさん!?これが噂のヘンテコ企画をつくり従わせたおばあさん!?)
あたしはあんぐりとその老女性を見上げた。
「あら…この子が…」
おばあさまの視線があたしを捕らえる。
「彼女がホームシックになっていたので慰めていたところです。
今ようやく涙が引いて…」
(えっ!?はっ!?ホームシック?!?!)
演技を台なしにしそうなあたしの顔を、自分の背で隠して

「シッ」とあたしに目で訴える。
いくらなんでもその言い訳…乱れたあたしの制服を見れば嘘だと分かるだろう…
死んだ魚のように半開きの目で彼を見る。
あたしのその顔に彼は笑いを堪えるが、おばあさまを見る時は真剣な顔に変わっていた。
(こいつ…マジで猫かぶり…)
「さすがあたしの可愛い愛孫息子。さぁさ…あなたもいらっしゃい。おいしい紅茶をご馳走するわ。土日になればお家に帰れるんだから心配することはないのよ。そのうちここが自分のお家以上になることを望んでいるわ」
おばあさまは、あたしの肩を抱いてゆっくりと部屋を後にする。
彼の強引さはおばあさま譲り。
あたしに有無を言わさず、おばあさまはあたしの肩を引く。
振り向くと彼は頭の後ろで手を組んで、あっかんべーと舌を出してついてきていた。
(あの男…いつか正体バラしてやる…)
あたしは胸にそう誓い、おばあさまを見ると、嬉しそうに孫を自慢するその顔に言葉が出なくなった。
(あぁ…あたしの高校生活いったいぜんたいどうなっちゃうの…?)
王子の皮をかぶったS男。
あたし以外の前では完璧に猫かぶり。

唯一の弱みを握ったようだけど、それを完全に活かしきれない香りが濃厚。
あたしは小さくため息をついた。

おばあさまの部屋。
ふかふかのソファーに座らされたあたしの隣に座る偽王子。
すっと組む長い脚が憎たらしい。
「ばッ場所はたくさんあるじゃない！」
広い居間に大きなソファー。
あたしはテーブルの向こうにあるソファーを指差して奇声をあげる。
「千亜稀の隣が気持ちイイ」
（気持ちイイってあんた…）
再びあんぐりと口を開けるあたしに、顔を重ねる。
チュッ
「！！！」
「隙(すき)あり」
ペロッと唇を舐めて言う。
「俺、千亜稀とならイケるかも」
そう耳元で囁(ささや)いて、おばあさまが運ぶティーカップのお手伝いに席を立つ。
（イクってどこに………
どこに………

イクんだ——ッッッッッッッ‼)
悶絶状態のあたしを見ておばあさまが
「緊張することはなくってよ。隣に…ほら克穂、座ってあげなさい」
なんて言っている！
あたしの方を見て鼻で笑う偽王子。
(おばあさま…あなたの孫、最悪です…)
隣で微笑む王子笑顔。
誰かこの男どうにかして！

「絶対絶対入って来ないでよ！」
「へいへい」
「絶対絶対絶対だからね！！」
「へいへいへい」
いつの間にか運ばれていたあたしの荷物。
パジャマだけ取り出して、お風呂場に駆け込む！
「そこまで警戒されちゃ萎えるっつの」
リビングから、テーブルに足を乗せてソファーの上でくつろぐ偽王子が素っ気なく言うのが聞こえてくる。
その隙にカラスの行水並みの早さでお風呂を済ませて、いよいよ就寝の時間。
明日から初めての高校生活！
今日出遅れてるから友達出来るか心配だしなぁ…。

てことで！
「もう一度言うけど絶対入っ…ッ」
個人の部屋の扉が目の前にあるから、お互い部屋に入ろうとしている今現在、目の前にエロ王子が立っていたりする。
言いかけて途中でやめる。
なぜならば…
「それって『入ってきて』って誘ってんの？」
ドアに押しつけられたあたしに綺麗な顔が近づいているから。
「なななんで、そうなるのよ！」
「千亜稀の目が俺を欲しいって求めてる」
ニヤリと笑って背を屈める。
顔の隣に置いていた手があたしの髪を掬い上げて、そっと耳に触れた。
(その手つきがやらしいんだってばぁぁ〰)
目を逸らしたら負けな気がして、逸らさずにいると
「ほらその目」
とあたしを熱い瞳で見つめる。
(どっちが……ッ)
「別に出会ったばっかとか関係なくね？」
顔を近づけたままそう問いかける。
(そこが問題じゃなくて〰ぅわっ‼)
触れそうで触れない唇。
あたしは既に目が離せない。

「出会った時間とかじゃなくてぇ…ヒャッ‼」
ふぅっとあたしの耳に妖しい吐息をかけて、王子が甘い声を出す。
「じゃなくて？」
(イ…イジワル！このＳ男(お)‼)
耳を押さえて涙交じりで見上げると、王子はククッと笑った。
(こ…このサド……)
「あたしは…彼氏でもない人とそんな事するつもりはないんです！」
ムッとむくれて強く言う。
「…なんだ。それだけ？」
(そッそれだけ⁉)
一大事も一大事！
そんな関係になったことないあたしとしては、たとえ彼氏だろうとまだまだ早いと思ってますが！
思ってますが…そんな事は言いません…はい。
からかわれるのが目に見えてますから…。
「じゃ俺ら彼カノな！はい。これでいいんだろ？部屋に入るから」
ガチャとドアノブを下げている。
(ちょ…ちょっと待て———ぃッッ！！)
「…何」
イライラと目を向ける彼。

「あ、ごめ…」
つい謝ってしまったあたし。
(や、やられた!)
「待ってよ!納得いかない!彼カノ!?愛のない初彼なんて嫌ッ‼」
強引な彼の腕を引っ張り、感情に任せてそう叫ぶ。
意外と、力を入れて引っ張る事で彼の前に立つことができた。
ドアの方に彼を追いやる。
「ほら出た出た!」
「今のマジ?」
「は?」
なぜかまた彼の腕置きになるあたしの両肩。
「俺が初めての男?」
怪しく笑う、顔は王子様。
ルックスも王子様。
黙っていれば王子様。
「な何言って…ンンッ」
パクッとあたしの唇を挟む。
「逃げるなんて出来ないって言ったっしょ?今日は機嫌がいいから別々に寝てあげる。おやすみマイハニー」
チュッと頬にくちづけしてパタンとドアが閉められた。
…あたし…もしかして
とんでもない男に目をつけられた…???

王子と偽造恋愛

♪〜♪
「っは‼」
携帯のアラームが、けたたましく鳴り響く翌朝。
はっと目が覚めて、あたしは自分の身の安全を確認する。
(着てる！履いてる！前方後方左右安全確認ＯＫ‼)
ほっと肩を撫で下ろして、高いベッドから冷たいフローリングへ足を下ろす。
カーテンをあけると東向きのこの部屋は、ポカポカと陽気な光が差し込んでくる。
(…場所としてはこの上なく最高なんだけどなぁ)
高く昇った太陽を見上げる。
高く…昇った…
「あぁぁぁぁぁ‼」
バタンッとドアを開けて(もちろん鍵を開けて)リビングに走る。
そこに立っているのはブレザーを身に纏った、息を呑むほどの素敵な男性。
顔と容姿と家柄だけは最高に素敵なイケメン男性。
…性格を除いては。

「あぁ。おはよう」
そのにこやかな顔とは裏腹に、トゲトゲしい物言い。
「お…おはよ」
引きつり笑顔のあたしを横目で見て
「じゃお先に」
と鞄を持って通りすぎていく。
「ちょっ‼︎置いていくわけ⁉︎」
「一緒に行きたいわけ？」
(ぐ…そ、そういうわけじゃないけど…)
あたしは自分の腕を擱んで王子の視線から外れる。
「遅刻は勘弁。あ、言っとくけどもう朝食の時間終わったよ？」
すたすたと歩いてドアの閉まる音がした。
(え…は…
てか…
そんな態度あり⁉︎怒)
いきなりキスしてきて、
上に乗っかってきて、
挙げ句の果てにあたしの"初めて"を奪おうとして（キスは奪われた）
それなら"彼氏"になる…
なんて言っといて、今朝の態度は何⁉︎
あたしはプリプリと頬を膨らませて教室へと向かった。
廊下には制服を着た、沢山の「坊ちゃん」「嬢ちゃん」が

歩いている。
みんなキラキラと輝いて見える。
笑い方も「おほほ」「うふふ」
すれ違い様に「ご機嫌よう」と言っているように見える。
あたしは…
ただ櫛を入れただけの髪。
制服だってどうやって着たか覚えてない。
楽しみにしてた朝ごはん（バイキング）は食べ損ねたし、
全てはアイツ、"偽王子"のせい。
イライラと廊下を歩いていると、
ジロジロチラチラ
あたしを撫で回す視線達。
（あ、あたしの格好どこか変???）
立ち止まって背中を見たり、スカート丈を気にしたり、アセアセとボディチェックをしていると引かれた腕。
「！！！！」
階段近くの薄暗いところに引きずりこまれた。
「村岡千亜稀？」
いきなり引っ張られた腕に、いきなり呼ばれた名前に、まず目の前に立つ知らない男の人にあたしは心底驚いた。
（び…ビビッたぁ）
バクバクと鳴る胸に片手を置いてその人を見る。
クソ王子に比べると男らしい顔付き。
りりしく上がった眉の下、強気な瞳が男らしさをかもし出

す。
少し焼けた肌と硬そうな短髪の黒髪が爽やかな印象を与える。
人によってはこちらが好みという人もいるだろう。
まぁ一言で言えば『かっこいい』
驚きながらも冷静に分析する。
「アンタが克穂引き当てたラッキーガール？」
素っ気なくあたしを見る。
経験のないあたしでも分かる"全く興味のない瞳"
(なのに何でここに引っ張ったのよ…)
イライラと見つめると
「なるほどね」
と呟いて光の方へ歩いていく。
(はぁ!?かなり感じ悪いんスけど！)
ここには振り回すボンボンばっかりで、あたしは口をパカッと開けるしかなかった。
「「キャア！充様ァ！」」
その姿に集まる悲鳴。
次々に移り変わる現状に…あたし…
ついていけない…。
「充様ぁ！おはようございます！今日はどうしてこちらに???」
キャーキャーと黄色い声が廊下、あたしの数歩先で飛び交っている。

(なーんだっ。あのクソ王子がNo.1ってわけではないんだ)
あたしはホッとしたような、ガッカリしたような息をつく。
(ホッ、は悪い意味でのホッ、だからね！…ガッカリ、は有り得ない！)
心の中で誰かと会話して、両手で頭を挟み、唸りをあげる。
「あ。この子にちょっと用事があって」
例の男は悶絶中のあたしを指差して、にこやかにそんな事を吐かしてる。
みんなの視線があたしに集まる。
針のむしろ！
まさしくこの言葉は、今のこの時の為に生まれた言葉！
間違いなしッ！！！

しばし無言の戦いが繰り広げられる。
(ちょっと…あの子誰よ)
(ほら、克穂様の)
(まぁ！はしたない！色んな男の方に手を出すなんて！)
(これだから外部受験の方は困りますわ)
全部あたしの憶測だけど、そんな視線を浴びている。
シーンと痛いくらいの静寂。
(そんな視線を向けるくらいなら何か言ってよッ)
その静寂を破ったのは…
「千亜稀さん。こんな所で何をしているのですか？」
クソ王子の取り巻き女の一人。

柔らかい髪を縦に巻いた、お○夫人を思い出す風貌。
派手めの顔が、白い肌のお陰で一段と際立って見える。
瞳の大きさに恐れ入った。
「いやぁ…何と言うか…」
「あ、俺がちょっと呼び付けちゃって」
そう言って後ろから、男は被さるようにあたしに手を回す。
お○夫人の眉がピクリと動いた。
「克穂様はご存知のことで？」
「何でいちいち克穂に報告しないといけないのー？」
ピキピキと動くお○夫人の額。
(あ…あんたもアホな男だねぇ…)
あたしは同情の眼差しであたしの肩経由で腕を下ろすその男を見上げた。
「克穂が受け入れた子がどんな子か知りたいじゃん？あの克穂がさ」
こいつ、奴の"本性"を知っている。
あたしはそう悟った。
「克穂様は、どなたでも受け入れて下さいます！」
真っ直ぐ見つめるお○夫人のでかい瞳に陰りなし！
こっちはまだまだ騙されてるのね。
あたしは、またまた冷静に分析をしてみる。
この二人が静かに視線で戦いを交わしていた中、さっき以上に黄色い（赤みを帯びた金色に近い）声が廊下を包み込んだ。

王子の登場。
(うげ…)
にこやかに笑い、女の子達の中を歩いてくる。
キンキンうるさい声にも、ベタベタ触ってくる手にも嫌な顔一つ見せず、でも応える事もなく、真っ直ぐに歩いてくる。
「何の騒動？」
あたし達の方をチラリと見て、お○夫人に問い掛けた。
夫人はあたしの上にある顔をキッと睨んでから、奴に告げる。
「このお二人、何やら深いご関係のようで」
(ぐぁぁ‼ 余計な膨らみ持たせないで‼)
その言葉に「そう」と王子は優しく微笑んだ。
(怖い…その笑顔が怖い)
あたしをチラッと見る王子。
顔は笑っている。
口元も優しく口角を上げている。
でも目が一瞬、ギラッと光った…気がした。
「つーことで克穂！ちーちゃんいただき」
あたしに被さっていた男は、さっきまで全く興味のなさそうな顔をしていたくせにいきなりそんな事言っちゃってる。
驚いて見上げると
唇が重なった。
……………
…………

………
……
…
‥?
は?
「「うきゃあああぁ〰〰〰〰〰〰‼いやぁぁぁぁ…」」
廊下が震える。
いや本当に、その叫び声で窓が震え、ドアもカタカタカタと小刻みに音を出した。
あんぐりもあんぐり、開く穴は全て開いて、重なったまま目の前にあるその顔を見る。
「じゃ克穂。そゆことで」
あたしの隣をすりぬけて、奴の肩にポンと手を置いてその男は去っていく。
通り過ぎ様に合わせた二人の目を見て、あたしは背筋に冷たいものが走るのを感じた。
(あ…あたしって………)
途方に暮れながら天井を見上げる。
(お母さん…もしかしたら安産のお守り、必要なのかもしれません…)
奪われてばかりの唇に、高校生活初日から身の危険を感じっぱなし。
悲鳴の渦に巻き込まれながら、あたしは小さく肩を落とした。

それから放課後まで、動物園の新入り動物のようになっていたあたし。
廊下に溢れんばかりの人、人、人。
王子を見に来る人が半分。
あたしを見に来る人が半分。いや、3割ッ!
…そう願いたい…。
同じクラスの王子のおかげか、大々的な悪口や嫌がらせはなかった。

『大丈夫?』
魂の抜けかけたあたしを覗(のぞ)き込むように背を屈めて、頭を優しく撫でた王子。
(そんな事したらまた周りがうるさいって…!)
ぐっと瞳を閉じると(本当は耳を閉じてしまいたい)「きゃぁ」の一つも聞こえない。
(…?)
あたしは恐る恐る右目を開ける。
今度は手のひらに頬を埋めて、悶(もだ)えて震えている観衆。
目の前、近距離にある王子の顔にあたしも息を呑んだ。
くるんと上がったまつげの奥に映る、憂いの瞳。
心配そうな眼差しは、頭に置かれた優しい手のひらと共鳴してる。

上から見下ろすのではなく、あたしに合わせるように背中を曲げて視線の高さを合わせてくれている。
"本性"を、知らなければどれだけ幸せだっただろう…。
きっと偽王子にメロメロだっただろう…。
その憂いに帯びた瞳を信じてしまいそうだった。

全ては始業前に起きたこと。
今はもう6時間目。
なのに思い出すと体が熱くなっちゃうの。
優しく見つめられると、
あの王子顔に見つめられると、胸がきゅんと鳴っちゃうの。
どんなに裏Sで、イジワルで、エロくて、強引で、猫かぶりな男なんだよっ！って自分に言い聞かせても今朝のあの瞳。
優しく撫でてくれたあの手のひら。
（くぅ‼‼）
机に、頭をコンコンとキツツキのように打ち付けた。
「村岡～。ＶＩＰ待遇に浮かれてる場合じゃないぞ～」
教卓の前に立つ先生に大きな声で注意を受ける。
（ガッ‼そんな事大きな声で言わないでよ‼）
知らない人なんているはずないのに、あたしは「シー‼シーッ‼」とクラス中に聞こえる透かし声を上げた。
「図星らしいな」

にやりと笑う先生。
その発言へか、クラスの大半が笑いを漏らす。
クソ王子も「まぁまぁ」なんておだてながら、あたしの方をちらりと見て口ぱくをした。
その口と一緒にあたしも口を動かした。
…『あ』
…『ほ』
「アホッッ!?」
つい出てしまった叫び声。
「なんだ〜? 先生に向かってアホって言ったのか〜? よし、じゃぁ村岡! この問題解いてみろ!」
「ち・違います、王子の陰謀でッッ」なんて言い訳は絶対聞き入れてもらえない。
唇をかみ締めて、王子をきっと睨んで、涙交じりでチョークを握る。
「そんなに佐伯原を見つめるな」
先生の声にまたクラスが湧き上がる。
(違いますってば!)
王子を見るとククッと笑いを嚙み締めている。
(今のアイツの顔を見て‼)
願いは届かず、あたしは黒板と見つめ合う。
(…全然分からない…)
心底恥ずかしくてマヌケなあたし。
先生に促されて席に着く。

虚しくため息をついて席に戻る途中、クソ王子と目が合った。
今度は「ばーか」と口パクしている。
(む、むかつく‼︎)
同時にあたしは辺りを見渡す。
みんな黒板を見ていて、クソ王子の本性を見落としている！！
くぅと唇を嚙み締めて、チャイムが鳴るのをただただ待っていた。

チャイムの音色はなんと校歌。
優しい鐘の音で校歌が流れる。
その音を聞きながらあたしは教室を出た。
(疲れた…。今日のご飯なんだろう…)
あたしの一番の楽しみは、寮の食事。
朝は食べ損ねたし、今日も一日疲れたし。
あたしは廊下のタイルの同色だけを踏みながら歩いていた。

ドンッ

ぶつかったんじゃない。
いきなり横から押された。
押されたり引っ張られたり忙しい一日。
ちょうどドアの前で押された様でステップを踏みつつ、よ

ろけて教室に入った。
「あんた、克穂様と一緒に生活するくせに、充様にも手ぇ出したんだって？」
ドン
何人かの強そうな女の子に囲まれて、そのボスの押し切りで黒板へ身をぶつけた。
（うわっなんか悲劇のヒロインぽい…）
と、また得意の"冷静な分析"をしてみる。
こういう時って必ず"ヒーロー"が助けに来てくれる。
少女漫画狂のあたしの安易な発想。
だからあたしは慌てもしないし、反発もしない。
あたしのヒーローは誰だろう…
と考えてみたりする。（笑）
「何笑ってんのよ！」
じりじりと近づいてくる悪役達。
「そ、そういう意味で笑ったわけじゃありませんッ」
「はぁ？」
ますます逆なでしてしまったらしいあたしの行動。
（やっぱりあたしツイてない〜〜〜ッ）
ドヒー‼と泣き笑いをしてみる。
もちろんそんな事で許してもらえるはずがない。
（早く助けに来てよ！あたしのヒーロー！！！）
ドラ○もんの映画の始まり「ドラ○も〜〜〜ん」と叫ぶあの声のように、心の中であたしのヒーローを呼んでみる。

「コイツが辞めれば、あの抽選もっかいやってくれんじゃない？」
誰かの閃き。
(…偽王子に犯されますよ)
その言葉を飲み込む。
そんな事を言ってしまったら喜んで受け入れそうだし、そんな事ヤッてんのかよ！と退学だけじゃ済まされなさそう。
口を押さえてぱちくりと瞬きをするあたしに、その女達はニヤリと口元を上げる。
(うわっ⁉⁈⁇ 誰かッ‼ マジで助けて‼)

「見ぃ〜っけた‼」
力の限りつぶった瞳を、その声に反応して見開くと、目の前でチカチカと星が瞬いていた。
あたしとの距離を狭めていた彼女達も振り返る。
その星の中、そこに立つ一人の男の子。
……誰？
「あなたが僕のお姉ちゃん⁉」
彼女達に突進をかまして、あたしの所へ走り寄ってくる。
黒板に吸着していたあたしの首に手を回して、ゴロゴロと甘えている。
(お姉ちゃん⁉)
チビ猫のような態度の男の子。

あたしと同じくらいの背丈。
(誰⁉ つーか離れて‼)
ぐいぐいと押してもビクともしない。
「咲人(さきと)様…」
また"様付け"の男が現れた。
「お姉さん達、ここで何してるの？」
名前を呼ばれて、やっと彼女達に気付いたかのように、あたしに抱きついたまま様付けの少年は振り返る。
黒いストレートの髪。
振り返るだけでサラサラとなびいている。
顔立ちはまだ幼くて、黒い髪と同じ黒くて長いまつげ。
可愛い男の子。
「ゃ、特には何も…」
強気だった彼女達は一気に鎮火して、おずおずと引き下がる。
どうみても囲まれてる状況に「何してるの？」と無邪気に聞く辺りがまた可愛い。
「そ☆じゃ、僕とお姉さん二人きりにしてもらっていい？」
にこっと笑ったのが後ろからも分かった。
そうして、彼女達は足早に教室を出て行った。

これが、あたしのヒーロー??
可愛い顔に長いまつげ。

少し丸みを帯びた卵形の輪郭にキラキラ輝く大きな瞳をバランスよくのせている。
笑うと目元に笑いジワ。
小さい頃は女の子よりも可愛かっただろう。
いや…今でさえ、あたしなんかより余裕で可愛い。
あたしと同じ目線。
160センチないくらい。
「あの…どちら様で？」
「えっ‼︎僕の事知らないの⁉︎」
大きな瞳を、ますます大きくさせてあたしを見る。
顔を近づけてくるから、同じ目線のあたしとしては唇を守りたい衝動に駆られる。
でも腕ごと抱きしめられているので、手で守ることは出来ない。
「僕の事知らないなんて…」
シクシクとあたしの肩に顔を埋めて泣いている。
吐息が首元にかかって背筋が通る。
（ちょっと誰かぁッッ！泣）

「何やってんの？」
ドアの所に立つ１つの影。
その影が、あたしと咲人という男の子をべりっとはがした。
（た、助かった…）
「お兄ちゃん‼︎」

今度はその影に抱きついてゴロゴロと喉を鳴らしている。
「会いたかったぁ～～～」
その姿もその声も全てが可愛くて、スカートを穿いていれば、かなりの"絵"になる。
制服を見る。
ズボンが違う。
(えッ⁉)
「咲人、高等学校の方には入って来ちゃダメって言われてるだろ？」
「だってお兄ちゃんが寮に入っちゃってから、僕、家で寂しいんだもんっ‼」
あたしがパクパクと口を開けていると、その影があたしを捉えて言う。
「今度はどんな問題間違えんの？」
フッと小バカにした笑い。
(偽王子⁉)
迫力ある美形と、
可愛さ満点の美少年が
平凡な容姿のあたしを見る。
(くぅッ)
頬が染まるのが分かる。
(あたしのバカバカ‼頬なんて染めてんなぁ‼)
「お兄ちゃん、僕のお姉ちゃん顔が真っ赤だよ？」
「恋してる証拠だろ」

「こらぁ‼」
「ほらな」
「ほんとだぁ」
あたしの「こらぁ」は見事にスルーされ、二人で仲良く微笑み合っている。
「咲人、母さんが心配するぞ。もう帰れ」
ぽんと優しく頭を撫でる。
今朝、あたしにしたみたいに。
優しくて温かい瞳。
あたしくらいの背丈の咲人くんが王子を見上げてニコリと笑った。
今朝のあたし、周りからはこんな風に見られてたのかな…？
王子の優しい視線を浴びて
王子の優しい手のひらを感じて
大切にされてるお姫様みたいに。

チュ
触れた唇。
あぁ‼唇守るの忘れてたぁ‼
気付いた時にはもう遅い。
「またそんな瞳で俺を見る」
口の中で笑う、偽王子のあの笑い。
ただ見ていただけ！
ただ見ていただけですよ‼‼

ぽぽぽと染まる頬に、また軽くキスをして
「ほら、帰るぞ」
と偽王子は強気で言う。
「…誰かに見られたらどうすんのよ」
差し出された手を横目で見て、あたしは手を繋ぎたい気持ちを押さえ込む。
「彼カノならいいだろ」
…また言ってる。
そんなに性欲強いわけ？
困った王子…。
「彼女って形になれば、さっきみたいに囲まれることもないだろ。充が勝手にキスしてきたって俺が言ってやる」
あたしはパチクリと瞬きをする。
今、裏顔のくせに何か優しい提案しなかった？
「なんだよ」
偽王子がムッとあたしを見た。
「…見てたの？」
「そっ。見てただけ」
フッと笑って首を後ろに軽く曲げて腕を組む。
その偉そうな態度に、今あたしドキドキしてる。
「見てただけで助けてくれなかったの!?」
ドキドキを悟られないようにムッと強気で返す。
「あんなん囲まれる方が悪いだろ」
その姿勢は崩さず、今度はコキッと首を鳴らした。

さっきの優しい言葉が嘘のように、冷たい言い方。
「あ…そぃ」
がっかりと胸が鳴り、あたしは気が抜けて教室から出た。
夕焼け雲が窓の外をゆっくりと流れている。
雲の下方をオレンジ色に染めて、上方は白色というよりは少し灰色。
頬を染めるあたしはオレンジ。
少し（いや、だいぶ）ひねくれた王子は灰色。
あたし達の上下関係を表しているようなグラデーションの雲を見上げた。

「なぁ」
寮までの道、後ろを歩くひねくれ王子が呼びかける。
「なによ」
あたしは首だけで振り返った。
「…あまりにも面白過ぎるから言うけど…背中のソレ、そろそろ取ったら？」
王子はあたしの背中を指差して、すでに口の中で笑っている。
ソレ？
ドレ？
左手を後ろに回して"ソレ"を触る。
カサ…
（紙？）

落とさないように指で挟んで引っ張る。
ぺりっと制服から剝がれる音がして、ソレをあたしは見た。
『ちあきの乳はA′（ダッシュ）』
「ンガァ!?」
フルフルと震える手に、カサカサと音を立てるその紙。
王子は後ろでクククと嚙み殺して笑っている。
ツボに入ったのか、
堪えていたのか、その笑いがいつもより長い。
立ちすくむあたしに「Aダッシュ」と耳打ちして通り過ぎていく。
「…こ、これ誰の仕業よぉぉぉぉぉぉぉぉ！！！！」
遠くから犬の遠吠えが聞こえた。
ァオォ——————ン…ッ

（佐伯原様が笑っていらっしゃる…）
（はいぃ！先輩ッ！中等部の頃に比べると随分お楽しそうで！泣）
（さすが我らのくじ引きのお陰＋°）
（ですよね！それにしても可愛いっすね！）
（（ちーちゃんッ））

あたしは全力疾走で、ムカつく笑みを浮かべるクソ王子を追い掛けた。

「いいじゃない」
「ふざけんな」
「いいじゃないッ！ちょっとくらいぃ〜」
「うわッウザ！」
王子の持っていた『もちもちプリン』を奪い取って頬張る。
「ンまいぃ！」
「これだからデブなんだよ」
プリンを取られた王子がブスッとして、長い足をテーブルの上に乗っける。
「デッΣ??‼」
んぐ…と喉につまるもちもち感。
学園内限定のこのプリン。
"乙女川通"のあたしは知ってる人気商品。
コイツ、いつもこうやって頬張ってきたのか…
想像するだけで羨ましい！
「デブって言った方がデブなんです——」
なんてありきたりなセリフを言ってみる。
「そうじゃないだろ…」
再び王子が近づいてきた。
プリンに夢中になって、無意識に座っていた王子の隣。
ニヤニヤとあたしのプリンを狙っている。

…もとい。あたしの顔を狙っている。
「そうじゃないだろ。『あたしの体、見た事ないくせにそんな事言わないで!』だろ?」
そう言って、ニコッと笑う。
王子の時より少し上がった眉。
強気な笑顔。
柔らかそうな茶色の髪が、そのバランスを上手く保たせている。
「そしたら俺が…」
プリンがあたしの顔の上を通過する。
スプーンだけがあたしの手の中に残る。
…ペチャ
プリンが床に着地した。
上にいる王子。
なぜかソファーに押し倒されたあたし。
…WHY?
驚き過ぎて不得意の英語が飛び出した。
「そして俺が千亜稀のボディチェック」
王子はニッと笑って、あたしのパジャマに手を滑り込ませる。
「へ…変態!!」
「バーカ!男に純粋求めんな!キモい」
(キモい言われた…)
ってちょっと!!

「ゥキャッ」
「いい声w」
「！！」
みるみるうちに入り込む手。
右手がするすると北上する。
今朝は温かくて優しかったのに、今のコイツの手の温度は冷たい。
「まずは…この口」
クチュ
いきなり舌が入り込む。
手と同じ冷たい温度。
プリンのせい？
甘くてとろけそう…
「…されてんなよ」
「ッッ？？」
「充にキスなんてされてんな」
あたしの髪をそっと掬って、その髪にキスをする。
（！！！！）
その伏せた目がヤバイ！
エロい！
いやらしい！！あたし！
ドキドキ最高潮。
嘘でしょ、あたし！
こんな裏Ｓ男を受け入れちゃっていいの〜〜〜〜⁉⁈

もう一度、優しく唇が触れる。
リズムって合っていくものなのか、王子の顔がゆっくり近づいて一緒に瞳を閉じた。
今度はあたしを伺っているかのように、強引に分け入ってきたりもしない。
入り込んだ手も、今はあたしの顔の横で優しく折り畳まれている。
優しく唇を包み込むだけのキスにあたしの方が何だか我慢できない。
あの感覚を感じたいと思ってしまっている。
…チュ
「…ッッ」
「…！」
吸い込まれるだけだったキス。
あたしが自分から王子を求めてしまった。
驚いて、クス…と愛しそうにあたしを見つめる王子。
その目…優しくて、熱い。
見つめられるだけで…あたし…
コンコンコン
『克穂ー？』
「…ンン…ッッ！誰か来た…ンッッ」
「…んなのいいから」

「…ンァ…ダメ…
ダメ！！！」
ぐいっと王子の顎をあげる。
グキッ
「………。怒」
「ッごめっ」
言わなくても伝わる負のオーラ。
あたしはあわわッと口元で指を曲げる。
「…萎えた」
王子は不機嫌そうに呟いて、すっくと立ち上がりドアを目指す。
髪をくしゃっと触って、気怠そうに歩く後ろ姿も様になっててかっこいい。
(あああぁぁぁぁ！あたしってば！あたしってば！)
王子を求めてしまった自分。
王子に惹かれていってる自分。
(ぐはぁ…ッ！恥ずかしいッッ)
ソファーの上で手のひらで顔を覆って、ジタバタもがいてるあたしのお腹に何かが置かれた。
「ばあさんから」
お腹の上に置かれた紙袋。
「…開けていいの？」
視線で「どーぞ？」と言っている。
あたしは紙袋を開けた。

袋の中に箱が入っている。
そっと取り出すと箱に"胸キュンぷりん"と書かれている。
「何これ」
あたしは箱を撫で回すように、顔の前で回転させて見る。
「千亜稀の好きなプリン、バラエティーセット」
王子はそう言うとふぁっと欠伸をしながらソファーに腰掛け、背もたれに手を投げかける。
「うそっ!?」
「気まぐれにばあさんが届けてくんの」
「いいなぁ…」
パカッと勝手に箱を開いてあたしは中を見る。
もちもちプリン
ごまごまプリン
めろめろプリン
2つずつの6個パック。
「…欲しい？」
王子が横目でちらっとあたしを見る。
全くの無表情。
これが王子の本当の顔？
整っててかっこいいけど。
いつものにこやかさは0で凄く鋭い顔をしてる。
「そ…」
りゃ欲しいに決まってんじゃん！

と言いたいのをあたしは飲み込む。
だってそんな事言ったら
『あげる代わりにベッド直行』
とかいう条件を付けてきそう。
「…いらない」
「…本気？」
「いらないったら、いらない」
グッと涙を呑んでプリンの箱にサヨナラを決める。
箱をぐいぐいと王子に押し付ける。
そんなあたしを見て王子はニヤッと口角を上げ、箱を差し出すあたしの手を握った。
「千亜稀の考えてること分かったわ」
プリンの箱をテーブルに置いて、チュと音を立ててあたしの手にキスを落とす。
強い瞳があたしを見つめる。
「俺が引き換えになんかするとか思ってんじゃない？」
（…図星ッ）
「そゆとこが甘ちゃんだな。俺が有無言わせると思ってんの？」
ソファーに投げかけた方の手であたしを引き寄せる。
（こっこれなら貰っとけば良かったぁッ）
引き寄せられて王子の胸の中。
ゆっくりと聞こえる優しいリズム。
トクン…トクン…と王子を感じる。

「素直に貰っとけ」
王子があたしの膝に箱を置く。
えっ…
チュ
ふいをつかれたあたしは、またまた王子に唇を奪われた。
「…まっこれで手を打ってやるよ」
王子はベッと舌を出してあたしに言う。
(ぐはァッッ!!!)
その意地悪そうな顔に破裂しかけるあたしの心臓。
立ち上がる王子。
振り返り様、床を指差してあたしに言う。
「あ、それ片付けといて。おやすみ」
それ？
どれ？
指差された床の方へあたしは首を捻る。
着地に失敗したプリン。
もちもちと床にこぼれている。
(あ…あんたが飛ばしたんでしょぉぉ〜〜!!!)
ワォ—————ン……
またどこからか犬の遠吠えがこだました。

翌朝、今度は遅れずに起きた一日のスタート。
椅子に腰掛け、鏡の前で肩より少し長めの髪を"お嬢様結

び"でまとめてみる。
上部の髪だけを結う結び方。
自分で髪を掬い上げ、そっと髪にくちづけする。
昨日の王子の仕草。
………。
(あたしのアホォ‼︎)
鏡に映った赤く腫れ上がる頬から視線を外して、制服を整える。
大きめのセーターで、赤地に深い緑チェックのスカートを隠した。
紺のハイソが一応規則。
気を落ち着けてフンフンッと鼻歌を歌い、一人先にスイートルーム…いやいや、自分の部屋を出る。

チーン

レトロな音が響き、あたしはその箱から出て、念願のバイキング朝食を頂く。
レストランの前の掲示板に人だかり。
人が沢山集まってると気になってしまうのはなぜだろう。
あたしは最後尾から、ぴょんぴょんと前にいる人込みの向こうを垣間見ようとした。
ピョンピョン
グラッ

ドフ
「あぃすみません」
深々とお詫びすると、前にいた人達が身を避けてあたしの前に道をつくった。
お嬢様達からは白い目、たまに崇拝するような目。
ボンボン達からはあだっぽいやらしい目、たまに哀れむような目。
(今度はあたし何したの――ッ)
うはーんっと目を細める。
目の前の掲示板。
貼られた一枚の写真。
写っているのはあたしと王子。
写っているのはあたしと王子の接吻現場!
場所的に放課後のあの教室。
「昨日充様ともキスしてたって…」
「最低…」
「てことは誰でも受け入れ可?」
「へー幼い顔してヤバいんだな」
ヒソヒソとそんな声が聞こえてくる。
(何なの!誰なの!こんな写真ッ)
ばっと写真を剝がす。
なぜかあたしはその観衆と向き合う。
(何とでも言いなさいよっ)
でも誰も何も言わない。

閉じた目を開けるとその観衆はあたしを通り越したところを見ていた。
振り返ろうとした瞬間、隣に身を寄せる彼。
にこやか王子。
「実は僕達…」
「交際することになりました。なので見守っていただけると嬉しいです」
そうにこやかに言い放つ。
あたしの許可なく言いやがった。
「でも克穂様……」
一人の女がチラッと周りを見渡して、他からの後押しを貰い言葉を続ける。
「その方は充様とも…」
その言葉も予想通り。
王子はにこやかに微笑んだ。
「知っています。僕自身その場にいましたし、帰国子女の充くんにとっては単なるスキンシップ。千亜稀さんからも包み隠さず全て聞きました。僕が選んだ女性です。みなさんにも仲良くして頂きたい…」
王子はキラキラと優しい視線を投げかけて、発言した女の子を見つめ、そのあとゆっくりと周りを見渡した。
ほう…
その場が、甘くてゆったりとした空気に包まれる。
(気色わる…)

一人、胸糞の悪いあたし。
「それなら仕方ない…」と口々に言っているのが聞こえてくる。
(彼カノ公認だな)
くすっと耳元で囁く王子。
あたしはくすぐったくて身をよじった。
(あたしは彼女になるなんて言ってないッ)

人がはけた後、あたしの手の中にある写真を見ながら王子が呟いた。
「撮ったの誰だろうな…」
確かに。
こんなピンポイントな瞬間、通りすがりには撮れっこない。
「いやぁ！さすが乙女川新聞部！スキャンダラスは逃しませんよ〜」
レストランから出てきたカメラを下げたアベック。
「学園の王子とシンデレラガールのスクープが今一番の旬情報」
そう言ってハッと口をつぐむ。
あたしは思った。
(また変なのが現れた)

そんなこんなで始まった…
「ほら…あの子がVIP待遇で…」
「王子に見初められた…!?…」
「シンデレラガール?!?」
あたしと王子の偽造恋愛。
まずの不安は今夜の王子。
王子が不敵な笑みを片手に、やらしい海に身を投げないことを祈るのみ。
その王子を拒否する力、今のあたしには持てなさそう。
あの温(ぬく)もりと
あのキスと
あの瞳に…
あたし、虜(とりこ)になってしまったのかもしれない。
(あぁ〜〜〜あたし…あの部屋に…帰りたくないよぉ〜〜〜！泣)
隣を歩く王子。
今日はいつもよりご機嫌みたい。
キャーキャー騒ぐお嬢様達にも、にこやか過ぎるくらいの笑顔を返してる。
教室に入るとクラスのみんなが笑顔で挨拶をしてくれた。
「千亜稀様、おはようございます」
…とうとうあたしも〝様付け女〟になってしまったようだ。

S♡3 まさかの宿泊スキャンダル

ギッ…
「…ン…」
ギシ…
「…ッッ…」
「…ッ…千亜稀…」
「…っッッ」
「…ナカ…入ってい…?」
…その瞳…ずるい
ここまで攻めといて…そんなこと聞かないで…ッ
あたし…こんなにもあなたが欲しいのに
やっぱり…イジワル…
「千亜稀…好きだよ…」
クチュ
「…アッ………克ホ…ク…ッッ」

『今日も一日始まったみたいよん。あなたナニやってるの

よ。さっさと支度して今日も頑張ってきなさいよん』
ガバァ‼
(なっなんて夢‼‼‼)
携帯から聞こえるおかま風の着声。
低い声で甘く囁いて、含みを持った内容で起こしてくれる。
クソ王子があたしの携帯を勝手に奪って勝手に落として勝手に設定していたアラーム。
『…はっ！メモリ女ばっか！』
勝手に電話帳まで見て、馬鹿にした。
『女の園で生きてたんだから仕方ないデショー！』
あたしがむきになって言い返すと
『俺、携帯１つじゃ電話帳足りなかったよ』
と自慢げに言ってくる。
へぇー！どうせ、女の子にモテンだぞって言いたいだけでしょ！
携帯をクソ野郎の手から取ろうとあたしはピョイピョイ跳びはねた。
その度ピョイピョイと王子は手を遠ざける。
(このＳ男…)
『じゃもう要らない』
ふんっと顔を逸らすと、王子は何も言わない。
『…わかった』
あまりにも声が弱くてついついあたしは振り返ってしまう。
カシャ──！

『…プッ！不細工』
フッとあの意地悪な顔。
(むっかぁ！むっきぃ！この男いつか絶対ぶっ飛ば〜ぁすッ‼)

現状は、というと…あたしの必死な抵抗の成果あり。
未だコトには至っていない。
そりゃ毎晩のようにされてはいますよ！
あの甘くてとろける特上キッス。
その度に何度、赦(ゆる)してしまおうと思った事か…。
でもあたし、決めてるの！
本当に好かれて赦したい。
王子はあたしを求めてはくれるけど『好き』なんて一度も言ってくれたことはないんだ。
…じゃぁ聞いてみたらいい？
はい。聞きましたとも！
『…は？前言ったじゃん』
『なんて⁉』
『千亜稀とならイケそうだって』
…ガクゥ…ッ
『は？何でガッカリするわけ？』
あたしは、はぁっとため息。
結局そんなもん？

それ以来(それ以前も)あたしは死守も死守。
でもそろそろ…やばいよね。
あたし、今朝みたいな夢、初めてじゃなかったりもする。
あたしの願望?
そう望んでるの?
うはーッと深いため息をついて少し小さいスーツケースを絨毯の上で転がせる。
今日から宿泊学習。
そろそろヤバめの王子と離れられていい機会かもしれない。
貸し切りのリムジンバスが目的地に着き、あたし達はバスから降り立った。
みんなバスから降りて数十メートル先にあるホテルへワイワイと流れ出る。
荷物はボーイがいるらしくみんな手ぶら。
ホントにボン&嬢なんだから…。
そんな事を思いながらふらついている、乗り物酔い気味のあたし…
(…ぉえ…ぎほぢわる…)
「何、つわり?」
周りが(有り難迷惑に)気を遣ってくれて王子と二人きり。
要らん事を言う王子を、あたしは横目で睨む。
「千亜稀、気持ちイくせに素直じゃないもんな」
またそんな事言ってる。
…このエロ王子!

……そりゃ…気持ち…いい…けどさ……
っておぇッ…
「…あんたねぇ！いい加減にしなさいよ！」
と言いかけて「あん」で終わった。
口元を押さえてうずくまるあたしに、ため息をついて前に立つ王子。
(優しくない！優しくない！こんな奴のどこが王子なのよ──！泣)
「ったく」
うずくまったあたしを王子はそのままの態勢で担ぎあげる。
(ほぇ…)
大工さんが木材を運ぶように担がれているあたし。
(王子なら"お姫様抱っこ"が普通でしょ──ッ)
そのままの状態で歩いていく。
ジタバタとする元気もない。
…細いと思ってた身体。
抱え上げた時の力、凄かったな…。
子供を抱っこするみたいにひょいっと簡単に持ち上げた。
背中もこんなに硬いんだ。
この身体に、あたしいつも抱きしめられてるの…？
…考えるだけで思い出す。
Ｓ王子との甘い日々。
「…暴れんな」
王子が不機嫌そうにそう言った。

(あ…ι あたし暴れる元気あったみたい)
その瞬間、体が宙に浮いた。
「ヒャアッッ」
王子の首にしがみつく。
変化した抱き方。
お姫様抱っこに変わった。
カシャーカシャーカシャー‼︎
数秒差で鳴ったシャッター音。
「彼女を労（いたわ）ってお姫様抱っこでホテルへ到着。11:37」
メモメモと書き綴る一人の女。
その隣でカメラ越しにこちらを見る男。
レストラン前で出会った変なアベック。
新聞部。
「千亜稀様がどうかされたんですか？」
記者になりきっているようで持ってもいない手をマイク代わりに、王子の口元に近づける。
「乗り物酔いのようで」
王子はにこやかにその"マイク"に返事をする。
さっきまで"つわり"とか言ってた人はどこに消えたか…。
心の中では「何だよ、その手」とか思っていると推測される。
白い塗装、半円を描くように緩やかな曲線をした30階建てくらいの高層ホテル。
正面は全てガラス張りで各階毎に生徒達が左右に動いているのが見える。

廊下がガラス張りになっているらしい。
ホテルの玄関に着いて他の人に見られる前に、あたしは王子から離れた。
新聞部のアベックも「スクープスクープ♪」と浮かれて消えていった。
「新聞部に見られてんだからそれは無理だろ」
ふてぶてしい態度の似合わない、笑顔の表王子。
言葉とのギャップにさすがのあたしも驚いた。
「俺こっちだから」
エレベーターを境に左が女の子達の部屋。
右が男の子達の部屋。
同じ階にいちゃ分けてる意味もあんまりない気がするけど、ちょうど中央、エレベーターの前が先生達の部屋らしく、監視は厳しいらしい。
(それなら寮のあのくじ引き、反対してよ〜…)
王子の背中を見送って、あたしは『2037号室』のドアを開けた。
…誰もいない。
でもスーツケースが2つ置いてあるので、ちゃんと相手はいるらしい。
確か…上鶴麻弥矢…?
難しい読み方でカミツル マミヤ…だったかな。
12時からがランチという計画を思い出して、今降りたエレベーターに飛び乗った。

チーン

30階にある全面ガラス張りのレストラン。
ここからは富士山も見えちゃって、みんな優雅に風景を楽しんでいた。
満腹のお腹。
どんなに気持ち悪くてもおいしそうなものを逃す、弱っちい胃袋ではない。
これが宿泊学習とか言っちゃうんだから凄すぎる。
一眠りしたい欲に襲われつつ、先生の合図でそのレストランに集合がかかった。
「これからスポーツ体験をするんだが、先日３つのグループに分かれただろう？覚えてるかー？」
…だった。
これからスポーツ体験…。
しかも選択肢が、
乗馬
テニス
アーチェリー
どれもこれもお金持ちっぽい。
「村岡ー聞いてるか〜？」
「っは！はいっ聞いてます」
よし、と先生が頷いて解散の号令がかかった。

ぞろぞろと9基あるエレベーターに、みんなそれぞれ乗り合わせて1階へ降りた。

(…エロ王子は何選んだって言ってたっけ…)
ソレをぐいぐいと下に引っ張りながら、あたしは更衣室を出た。
『まずは形から』
そう言ったエロ教師の発案で、ウェアをちゃんと着なくてはいけない決まり。
3つの選択肢全てを経験したことのないあたしは、無難にテニスを選んだ。
穿き慣れない丈のミニスコート。
引っ張れる限り引っ張っても、ピロンと重力に逆らって短く上がる。
そんな必死の抵抗に「おー絶景」なんて声をかけてくる男。
振り向くと爽やかな青色のテニスウェアに身を包んだ爽やかに笑う充くん。
「ど…ども」
少し体を強張らせて返事をする。
すっと隣に身を寄せるそのテクニックに"慣れ"ている印象を覚える。
そういや、いくら帰国子女だからって簡単にキスしてきたし…。

「ヤッたことあんの？」
「えっ?!?!」
唐突な質問にあたしは目と口を丸くする。
「…テニスだよ？笑」
あたしの顔が可笑(おか)しすぎたらしく笑いながら付け加える。
(分かってた！分かってた！分かってたし！)
「したことないょ…」
と虫の鳴くような声で、あたしは返事をする。
…恥ずかしい…
どっちがエロか分からないじゃん…。(泣)
「まっ遊び程度だから大丈夫」
やっぱり女慣れしている充くんに肩を抱かれ、あたしはコートの上に降り立った。
「号外だよ〜号外〜」
遠くで叫ぶ昔懐かしいチラシの配り方に、あたしと充くんは呆気(あっけ)にとられてそちらを向く。
テニスコート周辺のフェンスに次々と集まってくるテニスウェアの坊ちゃま達。
びゅお〜っと風が吹いて一枚の紙がテニスコートの中に舞い落ちてきた。
充くんがそれを拾う。
フェンス越しに「やっぱり…。もうスタンバイされていらっしゃるわ」と口々に囁きあっているのが聞こえてくる。
今回こそは、身に覚えのない内容だけにあたしは恐怖感が

募った。
拾い上げたソレを見て、充くんが「ぉぉ」と声を漏らす。
もしやお姫様抱っこの時に実はパンチラしてました！とかそんな事言う⁉
充くんの手からガバッと奪い取って、あたしはそれに食いつくように読み上げた。
『克穂ＶＳ充！因縁対決⁉先日ある女性（Ｍ岡Ｔ亜稀）を巡って衝突した二人が宿泊学習、公衆面前全面対決！勝者にはその女性との熱いKISSが交わされるという過酷な条件を付けているらしい（12:30現在）（敬称略）』
な…
なんじゃこりゃぁぁぁ…
こりゃぁー
こりゃー
コリャー…
……
やまびこと掛け合って驚きを表現する。
「大袈裟w」
ってそれで済ませないでよ、充くん！
新聞部、一体何考えてるの⁉
キッとそちらを睨むと、慌ててそのチラシで顔を隠している。
（しょ…勝者とキスゥ⁉）
その紙をふるふると震わせていると、フェンス越しに空気

がザワッと揺れた。
慣れたこの感覚。
王子の登場。
あたしはやる気なさ気に振り向く。

…う…そ…
真っ黒のテニスウェアに身を包んだ王子。
白のスーツも良かったけど、真っ黒のテニスウェアもかっこいい。
茶色い髪、すっと上がった眉、くるんまつげの瞳、通った鼻筋に、形の綺麗な薄めの唇。
半袖から見える細めの固そうな腕。
(黒がいい。黒が！)
周りの嬢ちゃん達も同意見のようだった。
「…いつものことだけど何の騒ぎ？」
その王子に話し掛けられるあたし。
みんなの視線があたしに注がれる。
「…これ」
その紙を差し出す。
「は…？何これ」
…そうでしょう…
対決って…
勝者とあたしがキス…なんて。
もし本当の彼氏だったら

もし、あたしのこと
好きなら…そんなの嫌、
でしょう?
「何で俺がダブルスなんかしないといけないわけ?」
「えっ?」
何?ダブルス!?
見せていた紙を覗き込もうとしたら、王子が表向き優しく奪い取る。
「つーか因縁?何これ」
『さぁさ!やってきました。佐伯原克穂VS山神充(敬称略)の因縁バトル!!!勝利は…M岡T亜稀の唇は…どちらのものに〜〜 ⁈⁈』
わぁっとフェンスの周りが沸き上がる。
どこから持ち出したのか今度は本物のマイクを片手にあの2人組がMC気取りで、ベンチの屋根の下にスタンバっている。
『さぁダブルスのお相手も、もうコートの上にいらっしゃいますねぇ』

………え?
コートの…
上!?
あたし⁈⁈
『そう、「あたし」です。プッ』

MCが笑うので観衆も笑った。
『そしてその対戦相手のパートナーは…
お○夫人こと「上鶴麻弥矢(かみつるまみや)」ぁ！』
パチパチ…と拍手が起こる。
くるっくるの縦巻きロールをコロンコロンとなびかせ、前髪は膨らみを持たせてアップにしている。
「大丈夫ですわ。ちゃんと克穂様に勝利させますので」
あたしに近づいてそう囁いた。
あたしは驚いた。
お○夫人の名前と
相部屋の人の名前が一致したから。
（お○夫人…そんな名前だったんだ…）

パコーン
スコーン
パコーン
ハイレベルな試合が繰り広げられている。
まるでボールがコートの精霊であるかのように、コートに吸い付くかのように、吸着してまた相手コートに返っていく。
『お前はサーブだけ入れとけ』
そう念を押されて第３セット。
１－１の引き分けで迎えた第３セット。

１対２で戦っている王子。
どんな顔をしてもどんなに汗まみれでもどうしようもなくかっこいい。
コートの上、一応ラケットを持ってボールとは正反対の所へ動く、役立たずなあたし。
メンバーチェンジは認められず一人あたしだけが初心者だった。
充くん、遊び程度とか言ってたくせにかなり本気で打っているとしか思えない。
王子に勝利を与えると言っていた夫人も、人が変わったかのようにマジで打ち返してきている。
さすがの王子も３セット目はきつそうで、あちらに点数が入る度に、観衆からもため息が漏れた。

そんなに必死に戦ってくれるの？
あたしのため…に？
違うよね…
きっと"王子"の顔を保つ為…
「ッ！危ないっっ‼」
ドフッ
（痛ッ…）
…テン…テン…テン
『ゲームセットォ！』

ウソ…
『勝者は何と────‼』

ウソ…
『山神───充───‼』
カンカンカン！！！
リング上でのアナウンスのように割れんばかりの音量で叫んでいる。
（う…そでしょ…）
アナウンスに促され、簡易表彰台へあたしは連行される。
このテニス大会の主催関係者に急(せ)かされ、脚を進めることになった。
（嘘でしょ…ねぇ。
あんた王子なんでしょ…？この状況、どうにかしてよっ）
両腕を掴まれて引きずられる中、あたしは必死に王子を見た。
王子は、ただ伏し目がちに立っている。
それも"偽り"？
"彼女"が他の男とキスして、それに"傷つく"ふり？
合わせてはくれない視線にあたしは悲しく俯(うつむ)いた。
王子を心配する声と、この行為を煽(あお)る声が半々になって、やがて後者が大きくなっていた。

『では…どうぞ！』
最後の最後に下手くそなMCをかました、最悪な新聞部。
(やるなら最後までちゃんとやれよー‼悲怒)

充くんとの2度目のキス。
"一緒"でしょ？
王子にされるのと"一緒"でしょ？
好きでもない人とキスするんなら、王子も充くんも"一緒"でしょ？
あたしは前に立つ少し日に焼けた充くんを見上げた。
かっこいいし、アイツほど裏表なさそうだし、…ちょっと女慣れしてる感はあるけど…あたしに興味ないの知ってるけど…優しいし、キスくらい一緒。

…違う。
違うんだ。
あたし、やっと気付いた…。
王子とするキスは、こんなこと考えない。
イヤ・いやと思ってはいても、あたし、本気で"嫌"じゃなかったんだ。
充くんが優しくあたしの腕に手をかける。
「ごめんな」
涙目のあたしに、小さくそう呟いて充くんは瞳を閉じた。
あたしもそれを見届け、きつく瞳を閉じた。

バター…ァンッ
バコーンッ
「ぁだぃ」
………？
テンテンテン…
ざわざわと周りがうるさくなって、あたしはそっと瞳を開けた。
ベストポジションでカメラを構えていた新聞部もポカンと口を開けてそちらを見ている。
人が倒れてる。
お○夫人が倒れている！！
あたしを捕えていた手が離れて、倒れている夫人を抱き上げた。
「こいつ持病持ってっから」
充くんは慌ててお○夫人を抱きかかえホテルへ帰って行く。
ざわざわと観衆がざわめいた。
足元で転がるテニスボール。
投げたの…誰？
パッと合う視線。
王子があの顔であたしを見つめる。
陰りのある少し意地悪な目。
温かみもない冷たい目。

でも…優しいその瞳。
今…ここ、みんなの前、
だよ？
決してあたしには近づかず、でも逸らすこともなく、まだ落ち着ききらない呼吸に胸を上下させ、ゆっくりとあたしを見つめる。
その瞳は、前に見た、憂いを帯びた瞳よりも、儚げで危うかった。
そう…危ういんだ。
今まで王子の…いや、他の誰でも、こんな瞳を見たことはない。
だからあたしは逸らせない。
周りの風景がだんだんと色味を失くしていく。
この世界に王子しかいないかのような錯覚に陥って、あたしは王子を見つめ返した。

あたしにはこの人しかいないんだと…。
この人にもあたししかいないんだと…。
恋に似た、恋とも言えるこの感覚に溺れていた。
…あたし、王子に恋…
してる……？
「千亜稀…？」
その声にハッとしてあたしは現実世界に引き戻された。
前に立つ王子。

「はれっ!?ここどこ??!!」
キョロキョロと周りを見渡すと、いつの間にかホテルの部屋の前にたどり着いている。
「千亜稀…」
いつになく弱々しい声。
「…どッ、どうしたの…？」
恐る恐る、でも距離は保ちつつあたしは王子に近づく。
ルームナンバー『2037』の扉の前、王子があたしの肩に綺麗な顔を埋めた。
いつもより熱い吐息があたしの首筋を支配する。
ただそれだけなのに、あたしは…声が漏れそう。
王子があたしにもたれ掛かり、優しく肩を抱いた。
（ど…うしたの？今日何だか…）
優しい束縛にあたしは王子の胸を優しく押して、顔を覗き込んだ。
潤んだ瞳。
「千亜稀…」と甘い声で囁く。
それだけであたしは胸が、呼吸が、瞳が、王子を捉えて止まないんだ。
ゆっくりと近づくその壊れそうな瞳に、あたしは少しずつ顎を上げて近づいた。
唇が王子の唇に重なる…
あたし達…想いも重なり合える……？
カチャ

「⁉」
背もたれにしていたドアがいきなり開いてあたしは後ろに倒れ込んだ。
上に乗っかる王子。
「ちょっ…⁉」
上を見上げるとあたしを見下ろす二つの瞳。
「あっお楽しみ中？」
充くんがニヤリと目を曲げて、被さるように横たわるあたし達を見た。
それでもあたしの胸に顔を埋めて、どく気配を見せない王子。
（ねッねぇ！どうしたの⁉）
充くんに視線を当てながら、作り笑いを見せて王子の額をぐいぐいと押す。
「えへ…違うの…エへへッ、これは…その…」
しどろもどろと焦りの笑いを見せて、あたしは充くんを見上げる。
「ふぅ～うん。さっきはヤッてないとか言ってたくせに～」
充くんは、ニヤニヤ、ニマニマあたし達をなめ回すように目を曲げた。
あたしは王子の額をぐいぐいと押す。
汗ばんでいる額。
こめかみに流れる汗。
荒い呼吸。

熱い吐息。
まるで発熱しているかのような王子の身体。
発熱…しているような…??
「うわっッッあつッッッ‼」
びっくりして身を捩ると王子の額が床にダイビングした。
ゴツン！と鈍い音がして、ゆっくりと体を起こし額を手で押さえながら王子は壁にもたれ掛かった。
「マジ痛ってぇ…」
怒りに満ちているはずの発言もどこか力がなく、染まる頬も熱のせいだと言われれば納得できる。
(そんな王子にトキメいてたあたしってぇぇぇ‼)
あわあわと後ろにお尻歩きをしたあたしは、充くんの足にぶつかった。
その瞬間、ぐいっと足を引っ張られ「あ〜〜れ〜〜」と王子の傍に引き戻される。
「これ以上世話妬かせんな！」
怒りに満ちているはずの発言が、熱のせい？
「俺の傍にいろ」そう言ってるように聞こえる。
熱を帯びたその瞳にあたしはまたドキドキと胸が高鳴ってパッと視線を外した。
ひゅうっと口笛を鳴らし、充くんが王子に手を伸ばす。
自分で歩けると言うようにその手を叩いて、王子は立ち上がった。
「じゃぁちーちゃんっ、また夕食の時に」

にこりと笑ってドアを閉められた。
…王子、体調悪かったの？
なのにあんなに…？
あたしは込み上げるこの想いに、手先が震えた。

何で？
いつも、いつもそう
王子の一つ一つの行動があたしには理解できないよ…
これじゃあたし勘違いしちゃうよ…？？？
肩を震わせて、自分の手のひらで腕を押さえる。
この感情とどう向き合えばいいの？
何であたし震えてるの？
あぁ！考えれば考える程、分からない〜〜〜ッッッ
「そんなの簡単なことですわ」
ぐぁーっと頭を挟み、のけ反るあたしに後ろからの声。
あたしはよろけてその声に向き合った。
「お待ちしておりましたの。お話がしたいと思いまして」
こちらへ、と招かれてあたしはベッドに腰を下ろした。
夫人がいたことに気がつかなかった。
充くんがドアを開けた時点で気付くべきだった。
充くんが夫人を抱えてホテルに連れ帰ったんだから。
さっきの王子、バレたのかな？
夫人の大きな目があたしを強く見据える。
バレちゃったのかなぃ？

…ん?
前まであたし、"何で王子の本性バレないのよ!" だったよね?
今、あたし何て思った⁉
バレて欲しくないとか思わなかった⁈⁈
あたしだけに本当の顔見せてて欲しい…とか思わなかった⁈‼
頬を染めてハッと口元に手を当て、息を呑むと夫人がサッと瞳を落とした。
白い壁があたし達を囲み、後ろから差し込む夕陽で作られる、夫人の影があたしを包み込んだ。
20階のこの部屋。
眺めは最高にいいだろう。
海に沈む太陽があたし達を照らす。
「その通りですわ」
口を開いた夫人が頬を染めて腕を摩(さす)っている。
(…は?)
「あたくし…実は…恋、してるのです…」
あたしは心底驚いて夫人を見つめる。
(聞きたくない…なんか聞きたくないぃ)
あたしは嫌な予感がした。
「あたくし…実は…」
(ちょっ!ちょっと待ってよ!三角関係(イメージ泥沼)だけはマジ勘弁ッ!)

「ずっと前から…」
(タンマタンマタンマァ！)
「山神充の事が…好き…なんです」
(ドェ————⁉)

って、え？
そうなの？
ぱちくりと瞬きをすると
「だからあたくし、克穂様を勝たせようと試合も足を引っ張る予定だったのです」
と頬を染めて腕を摩っている。
その割には、漫画のキャラに負けず劣らずのナイスプレーを見せてくれていた。
「ラケットを持つとどうしても血が騒いで…お恥ずかしいッ」
と手に顔を埋める。
そして指の隙間からチラッとあたしを見た。
(何ぃ？)
「あの…その…」
あ、もしかして…
「大丈夫！キスしてないよ」
あたしはふりふりと顔の前で手を振った。
すると夫人から安堵の笑みがこぼれた。
「恋する乙女同士、仲良くしましょう！」

がしっと手のひらを合わせて強気に笑う夫人。
あたしはこうして、友達を手に入れた。

「マミヤちゃん」
「千亜稀ちゃん」
その呼び名が定着するまでそんなに時間はかからなかった。

超豪華な夕食を済ませて、幸せいっぱいでエレベーターから降りようとした瞬間、右腕にラリアットが入ってあたしはエレベーターに逆戻りした。
「いってらっしゃいませ」
笑顔で軽く会釈をしたマミヤちゃんが、閉まるドアに隠されて行く。
動き出したエレベーター。
ラリアットをかました相手はもちろん…王子。
今度は何？
てか身体大丈夫なの？
二人きりの空間。
隣に立つ王子に、掛けられない声。
(意識するとダメなんだよッッッ)
表示を見上げると行き先は1階みたい。
王子も何も言わないから沈黙が流れて、あたしは一人、大きな脂汗が流れる。
王子がフッと笑って、あたしの上からエレベーターの壁に

手を伸ばした。
王子の影にいるあたし。
王子が本気になればあたしなんて簡単にどうにでもデキちゃうのに…
あたしのおでこに軽く唇を当てて、その唇が頬、そしてあたしの唇まで近づいてくる。
ここ、エレベーターの中だよ!?
「やめ…ッ」
その瞳があたしを捉えて唇が重なった。
「……ッはぁ」
あたしは大きく息を漏らした。
ガクガクと震える脚で、この身体を支えるには強すぎる愛撫。
ただ唇があたしの唇を包み込んだだけ。
ただそれだけなのに、震える脚に、壁に腰を付けないと立っていられない。
(早く…早く1階に着いて‼)
「…もうギブ？」
エレベーターの階表示を目で追うあたしに気付いて、口元で笑うあの笑い。
悔しい…
悔しいィ‼
キッと睨むように、瞳だけで見上げると、フッと瞳だけで見下ろされる。

(……ぐはッッッ)
結局負けて視線を逸らすのはあたし。
「…頑張った俺にご褒美とかないの？」
耳元で囁いて、ついでに外耳に舌を入れてチュパっと音を荒らげた。
「ゥヒィ!!!」
ぴょんと飛び上がるあたしに王子は満足そうに首を傾げる。
「俺、発熱ながら頑張ったんすけど」
両手があたしの両脇に伸びて、軸にしている右足の後ろに左足を軽く掛けて立っている。
にっこりとあの意地悪そうな笑顔。
(そんなん言われたって…あたしこれだけでもドキドキしてるのに…)
求めてくるキスに、あたしは伏し目がちに応える。
外国映画のような濃厚なキス。
呼吸を置く毎に、吐息の漏れるキス。
…どうしよう…あたし…
もっと王子を感じたい…
チュ…
クチュ…
小さな二人の愛の音が、小さな鉄の箱の中で漏れて落ちていく。
…あたし…。
「………」

唇を離して、こっそりと王子を見上げる。
顔は俯いたまま、瞳だけで王子を見た。
王子の両手はあたしの顔の近くに置かれたまま。
壁に曲げていた腕を伸ばして、あたしから少し遠ざかっていた。
今まで重なり合っていた綺麗な唇が開く。
「…ぁ」
チーン
やっと王子が音を発したと思ったら、鉄の箱がゆっくりと沈んで浮いた。
グィーン
機械の唸る音が聞こえた瞬間、
カシャー!!!!
(ナッ!?)
光ったライト。
「待ってましたぁ!!!大見出し!!!」
「これでうちらの株もあがりますね!!!」
きゃいきゃいと手を繋いで飛び跳ねる二人。
王子がウンザリを顔で表現していた。
(顔、顔)
二人を呆れた目で見る王子にそう伝えると
(見てねぇよ)
と"閉"ボタンを押した。
「ビックリスクープを撮られた感想を一言ッ!!」

持ってもいないマイク（再）を差し出そうとした男が振り向くときには、すでに顔半分。
王子は小声で「さぃなら〜」と言っている。
ホント、この王子。
今までバレてないのが不思議…。

また二人、エレベーターの中。
何となく体を避けてしまうあたし。
それに気付いてそっとあたしの髪を握る。
「勝手に触んないで‼」
バシィ
あたしは王子の手を大きくはたいた。
「…分かった」
（んヘッ⁉）
あまりに素直な返答にあたしはよろける。
「…聞いたらいいわけ？」
あたしの髪からスルッと指を離して、王子はそう呟いた。
「…だめ」
「そっか」
（はれ？）
いつもの王子なら「んなの知らねぇ」とか言って強引に触るのに。
スカスカとしたこの気持ちは何？
二人の間に重い沈黙が流れた。

(このクソ王子、ほんっと意味分かんない‼)
ふつふつと怒りのような寂しさのような焦燥感に駆られる。
何だか不安定。
この王子、何考えてるの⁉
「あ」
沈黙を破ったのはあたし。
ふと漏れてしまった声。
でも無反応。
沈黙は変わらない。
(こ…このクソ王子‼‼怒)
エレベーターの階表示がどんどんと足されて着いた20階。
チーン
何も言わずにフロアに降りて、何も言わずに王子は去っていく。
(………あんた何それ……)
訳の分からない王子の行動に振り回されっぱなし。
エレベーター内でのあたしの発言。
『あ』も沈黙の中に消えて散った。
下りのエレベーターで最後に言いかけた王子の『ぁ』の行方が気になって、雰囲気が悪い中、結構勇気出して言ったのに。
見つめる背中。
振り向きもせずに消えていく。
少し曲線を描いた造り。

人のいないフロア。
みんな何やってんだろ…
王子の背中が見えなくなってからカードキーでロックを解いて部屋に入る。
カードキーを差し込むと明かりがついた。
…カードキーを差し込むと……？
あれ？マミヤちゃんがいない。
「マ…ミヤちゃん…？」
恐る恐るバスルームを開けて中を確認する。
やっぱりいない。
あ。もしかしてカーテンの中に隠れてて「バァ‼」とか…
あり？
坊ちゃん、嬢ちゃんの考えることは分からんからね！
カーテン越しに窓を叩いて確かめる。
…いない。(ホッ)
ふと見たベッドの枕元。
達筆な字で『私も行って参りますわ♥ⅹⅹⅹ』
なんとも古いキスマークが書かれている。
(普通に置いてあったしッ！てか"も"って、みんなどこに消えたんだ…？)
だんだんと怖さが募る。
一人で過ごすホテルの２人部屋ほど怖いものはない。
初めてのシチュエーションだけど、そう思った。
ベッドの下とかに仮面つけて片手にチェーンソーとか持っ

てる奴がいたらどうしよう‼

なんとなくベッドの上に足まで上げて避難する。

ヴヴヴヴ

(Σァヒッッッ‼)

ベッドの上から逆さ頭で、恐る恐るベッドの下を覗き込む。

枕元に置いてあったオシャレな磨りガラス製のライトを片手に覗き込んだ。

ヴーヴーヴーヴーヴー

！！！

その音が頭の近くで激しく鳴ったので心臓が胸を突き上げる。

(な…なんだ ι 携帯か…)

床で左右に揺れている携帯を持ち上げて、あたしは電話に出た。

『俺だけど』

「へ？」

ディスプレイには知らない番号。

でも聞き覚えのあるこの声。

王子。

「何で知って…⁉『今すぐベランダに出ろ』」

ブツッ

ツーツーツー

(はぁ⁉)

いきなりエレベーターに拉致られて、キスされた挙げ句(←

ここ重要)、無視決めこまれて、今度はいきなり「ベランダに出ろ」ぉ⁉
怒りは募るばかり。
クソ王子クソ王子！
誰が言うことなんか聞くもんか‼︎(怒)

ガラッ
昼の暑さを忘れさせる心地よい空気が、外から流れ込む。
弱々しい月の光が夜空を照らす。
結構山奥なのに意外と星は見えない。
(ベランダに出て何があるってのよ…)
結局ベランダに出たあたし。
ベランダの桟(さん)まで歩くと、あたしは全てを忘れてしまった。
足元に輝くイルミネーションが、全てを包み込む。
ライトアップされたホテルの広い敷地。
沢山の人がうごめいている。
「…ぁぃ」
『見てるか？』
受話器越しに偉そうな態度。
なのに今はそれも気にならないほど、煌々(こうこう)と輝く光に夢中になっていた。
「…見てる」
『そ。じゃっ』
遠ざかる声。

「ちょっと‼」
あたしは大きな声で繋ぎとめる。
「ねぇ何で?」
『あ?』
「何で1階につれてったの?」
ドキドキと胸が鳴る。
『…別に?』
少し間を置いて、返ってくる王子の声。
うそ。
本当はこれ、あたしに見せようとしてくれてたんじゃないの?
「…ねぇ」
『何だよ』
「エレベーターで言いかけたの何?」
ドキドキが、トクン、トクンと柔らかい鼓動に変わっていく。
あたし今なら言える?
聞ける?
この胸の高鳴り…。
小さく沈黙が流れる。
受話器の向こうで、ガザガザと音が聞こえる。
ねぇ何て言おうとしたの?
『聞きたい?』
少し間を置いて返ってきた王子の声。

「…聞きたい」
あたしは、光達を見つめながら静かにそう呟いた。
『「これ…」』
二つの声が重なる。
「…？」
ゆっくりと振り向くと、王子が携帯を持つ手をゆっくりと下ろしていた。
「なん…⁉」
腕を引かれて、ぶつかる唇。
「ンふ⁉」
「これの反対」
光が王子の顔を照らして、長いまつげが頬を隠す。
光を浴びて潤む瞳は、足元を照らすライトよりも、ずっとずっと綺麗だった。
「これ…？反対…？」
唇を触りながら、あたしは小さく反復する。
王子は何も言わずに、光を集めたその瞳であたしを見つめる。
ただ見つめられるだけで、あたしの体は熱を帯びるんだ。
「…キ…ス…」
あたしは小さく呟いた。
す…
き…
Σ|||

ボッと頬が染まる。
染まるあたしの肩に腕を乗せる王子。
チュ
「何ならお姫様抱っこで招待しようか?」
あの瞳。
イジワルそうにあたしを捉えて、とことんあたしを夢中にさせる。
「しょ、招待?」
そう聞き終わらないうちに抱き上げられたあたしの体。
「どわーッ!?」と暴れる甲斐もなく、王子のお姫様抱っこで部屋に入る。
ゆっくりと下ろされて、座らされたベッドの上。
ぐいっとシャツを脱ぐ王子。
(どぇ!?!?)
「…聞きたい」
「へっ…」
王子の肉体美に釘付けのあたしに求められた要求。
「な に を…」
ゆっくりと背を倒されて柔らかいベッドに体が沈む。
「千亜稀の甘い声」
あたしの脚の間に片足を滑り込ませる。
「ちょっと!!!」
焦るあたしにお構いなしの王子。
あたしが焦るの見て楽しんでる!?

「言わないとやめないよ？」
不敵の笑みを浮かべて、見下ろす偉そうな瞳。
さっきの潤んだ瞳が嘘みたい！
エロい！
ヤラしい！
このＳ王子‼（叫）
「なにをッふ⁉」
塞がれる口。
「んんッッ…ねぇ何をッッ…」
少し力をゆるめ、あたしがそこまで言うのを待ってまた口を塞ぐ。
柔らかくて少し冷たい王子の唇。
「…んふッ」
「何？」
あたしが顔を背（そむ）けられないように、しっかりと腕の中で固定して、ニヤリと笑う。
「聞こえない」
そう言ってあたしに降り注ぐ王子の甘いキス。
唇をなぞるように落ちてきて、あたしの中に入ってくる。
冷たくて優しいその動きにあたしは口の中で必死で立ち向かう。
「ッ…ね…ふ…」
王子の舌があたしに絡んで妖しく漏れる声。
自分のその甘い声に体が震える。

「ンンッッッ!!」
自分の体が違う人の体みたいに熱くて、恥ずかしくて、なのに王子を求めるように中からこみ上げてくるこの想いにあたしは身を揺らす。
「言えよ」
そう言ってあたしを見下ろす瞳…
イジワルだった瞳が
キラキラと光を集めている。

ねぇ…
何を？
何て言えばいいの？
キョトンと見つめるあたしに
「マジで分かんねぇの？」
とあたしの耳元の髪を、くしゃっと優しく触りながら王子は悲しそうに言う。
そんな顔を見せられると、あたしは必死で探してしまう。
王子が欲しがってるあたしからの"言葉"
言葉…
え…
もしかして……
「キ…ス…」
ゆっくりと囁く。
「…の反対」

「…違う」
強い瞳がだんだんと近づいて、あたしのおでこに王子の額がくっつく。
「ちゃんと聞きたい」
額を当ててあたしを見つめるから、王子の綺麗な瞳がますます丸く大きく見える。
男の上目使いも…はっきり言って武器だよ…
人差し指を曲げてそっとあたしの唇をなぞる。
きゅんと鳴るあたしの心。
(ズルイよ…自分はそれしか言ってないのに…)
「聞かせて」
強い口調のくせに、瞳は優しくて、あたしはいつもこのギャップにやられてる。
思惑通りになんて動きたくないのに、動いてしまう。
あたしのこの唇。
「…好…き…」
視線は合わせたまま、溢れたこの想いに、王子が微笑んだ。
微笑んだ…
ニヤリとか口の中で笑うあの笑いじゃなく、にっこりと笑う表王子の笑顔じゃなく、王子が微笑んだ。
パァッと染まるあたしの頬に
「何で千亜稀が嬉しそうなのぃ」
と王子自身が気付いていない！
(可愛い！可愛い！)

99

手のひらに顔を埋めて悶えていると、王子の片手にまとめられたあたしの両手。
ゆっくりと重なる唇が、いつもよりも、しっとりと優しい。
王子があたしの胸元のボタンに手をかけた。
鼓動がドクンドクンと波打っていく。
「は…」

「「……は?」」
「ハレンチですわぁぁぁぁぁぁぁ!!!!!」
帰って来た夫人、マミヤちゃんの狂気の叫び。
「待ってましたぁ!」と滑り込む二人のカメラマン。
カシャーカシャーカシャーカシャーッッッ!!!
初めて両想いを体験した夜。
まばゆいばかりのフラッシュライトに
先生からのお説教。
隣で顔だけ反省している裏S王子。
先生が見てないところでウンザリ顔。
(顔、顔っ)
あたしがビクついて目配せすると「ベッ」と舌を出して知らん顔してる!
「んなっ⁉」
「何だ村岡!」
ムカつく王子は隣、怒られるのはいつもあたし。
(ム…ムカつくぅぅぅ!!!)

そんなあたしを見て王子はフッと笑う。
前より優しく見えるその笑顔に、あたしはついついドキドキしちゃう。
(くぅッ)
週明けの校内新聞、見出しは王子の裸写真で決まりかな。
綺麗過ぎる顔に、綺麗過ぎる身体。
ぶぉッッッ
思い出し鼻血まで経験してしまった宿泊学習の夜。
「鼻血を出すなぁ！」
(そりゃ無茶な…)
鼻を押さえてトイレへ直行。
王子が「エーロ」と口パクしてる。
(それはあんた……)
と思いつつも王子のヌードを思い出し鼻血を垂らしてしまう、そんなあたしはまだまだ青い。(笑)

S♡4
求愛大作戦

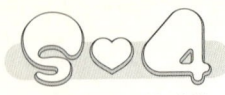

『☆赤「裸」々☆学園の王子も一般男子だったのか⁉』
大見出し、王子の肉体美写真を掲載して鼻高々ご満悦の新聞部。
あの夜を思い出すだけで、頬の歪(ゆが)むあたしはこの写真に納得がいかない。
「あたしってもっと可愛いよね？」
王子と比べるとどうみても影になってるあたしのこの顔。
「写真は嘘をつきませんわ」
眼鏡をかけて、サラサラと数学の公式を使い分けて問題を解いているこの女。
「…ちょっと友達でしょ？」
「友達だからこそです」
にっこりと笑うお嬢様。
(この学校毒舌ばっか‼泣)
唇を噛み締めてマミヤちゃんのシャーペンが止まるのを待つ。
「克穂様に教わればいいじゃないですか。学年トップですのに」
サラサラっとノートに解き方を載せてくれている彼女が言

う。
高校生活、一番の恐怖は地震でも雷でも火事でも親父でもなく…そう"テスト"という名の有害突起物。
この学園に必死で入ったクチなので、結構ついていけてなかったりするのです…。
そして、何となくそんな気はしていたけれど、学年のトップはあの偽王子。
ムカつくくらい、あたしの行動・心情を、読んでくると思ったら頭が良かったというわけ。
「や・奴には絶対聞かない！死んでも聞かない‼」
「まぁもったいない」という顔をするマミヤちゃんに、言いたい！言えない！
王子の本性。
一応あたしだけが知っている、それが嬉しかったりもするんだよね。

実は昨日、テレビを見ている王子に勉強を教えてもらえないかと相談してみた。
『あーいいよ』
意外とあっさりと返ってきた返事。
『ホント⁉』
『何の教科？』
付き合えば、人って変わるのかっ！と感動して苦手な数学

を広げてみる。
『は!?ここのどこが分からないわけ!?』
数列なんて許容範囲外だと思っていたあたしには衝撃のセリフ。
『え…分かる所がないかと…』
恐る恐る見上げて呟くと王子はため息をつきながら『ほんとにアホ』と投げ捨てる。
(…抑えて〜抑えて〜)
沸々と湧き上がるイライラをゆっくりと抑えつける。
頬杖をついて教えてくれる王子をバレないように観察するあたし。
お風呂上がりで少し濡れた髪がヤラしいな…なんて考えてるあたしがヤラしいよッッ
一人ドタバタするあたしに気付いたのか、王子が口を開いた。
『なぁ、間違ったら罰ゲームつけねぇ?』
ニヤリと笑うあの口元。
(もしかして…ι)
『間違ったらキス!とか言うんでしょ〜!?!?』
『ブブー。はい、間違い1』
そう言って、平然とあたしの前ボタンに手をかける。
『ナッ!?!?』
『間違ったら1枚脱ぐ。それくらいないと俺の貴重な時間を、いくら彼女にだって割けねぇよ』
(か、彼女…)

ってぉぃ‼
たかが"彼女"て言葉に照れないの‼
ってこらっ‼
ボタン、するする開けてんなぁ‼
パシッと王子の手を叩いて、開かれていたパジャマを押さえて子猫みたいに「フー！フー！」と威嚇する。
『…まだダメなわけ？』
急にしんみりとして王子が言う。
少し薄めたその目つき、ヤバイほどセクシー…
とろんとした空気が二人を呑み込んで、あたしの首元に王子が顔を傾ける。
『いい匂い』
バクバクと高鳴る鼓動。
で、出てきそうなくらい心臓がうるさい…。
『千亜稀…っ⁉』
クラーッと血の気が引いてソファーに背を沈める。
ドキドキしすぎで逆上（のぼ）せてしまったあたし。
『まじ、アホ』
呆れた王子があたしの額に濡れたタオルを当ててくれた。
（恥ずかしい恥ずかしいッ‼）

…とまぁ、そんなわけで。
なんてマミヤちゃんには言えないけれど王子には頼れない現状。

「マミヤちゃん、ありがとっ」
解き方が載り、参考書になったノートを受け取って、あたしは買い物に出る。
いい匂い、とか言われちゃうとなんか匂いに気を遣いたくなってしまう。
ブラブラとお店を回り、自分なりの"お気に"を見つけて寮へ帰る途中、見てしまったタカリの現場。
路地裏で、小さくて可愛らしい女の子が、綺麗なお姉さん達に囲まれている。
(うわ…可哀想…)
周りの人も見て見ぬふり。
あたしもゆっくりと通りすぎる。
通り過ぎる…
(はっ⁉)
避けるように伏せた目に映る、その子の制服。
制服…ズボン。
(えっ⁉男の子⁉)
てか‼
「咲人くん⁉⁉」
驚くと声に出る性格らしいあたしのその大声に裏路地にいた集団がこちらを見る。
「僕のお姉ちゃん‼」
キラキラと目を向ける彼に、はぁ？と怪訝そうにあたしを見るお姉さん方。

「じゃ邪魔なんかしませんよ」とそそくさと退散しようとすると、咲人くんが「バイバイ、またね〜」と手を振ってこちらにやってきた。
「…何してたの?」
もうお姉さん達もいないのに、こしょこしょと話をするあたしを見て、咲人くんはクスッと笑う。
中2で年下の、女の子よりも可愛いこの顔が、花みたいに笑うとあたしの胸がキュンと鳴った。
(母性本能くすぐるんだからッ!!)
顔の中心に重力を集めるあたしに咲人くんが言う。
「一緒に遊ぼ〜って。しかもこれっぽっちで」
ヒラッと手を広げて見せた。
「5千⁉」
「もう一声」
「5…万⁉⁉」
「たったそれっぽっちで、僕の時間買おうなんて…ねぇ?」
ねぇ?と肩を竦めて、クスリと笑う。
(こ、こいつ可愛い顔してナニやってんのっ⁉)
ビックリもビックリ。
王子と兄弟なんだなぁ〜と思わせる発言に、顔とのギャップに、あたしは呆然と隣を歩いた。
街中を歩くたびに振り向く、道行く人々。
男女ともに半々で男の人も、艶っぽい目で咲人くんに視線を送る。

107

モテるだろうな、とは思ったけど「これほどまでに!」と
自分の甘かった推測に鞭を打った。
(てことは兄貴の方は…)
「もっとすごいよ」
あたしの心を読んでいるかのように、ニコッと笑って咲人
くんが言う。
「だから僕、お姉ちゃんがどんな人か知りたいんだ」
にっこり微笑む咲人くんに、あたしもその笑顔をたまたま
目撃した人も頬を染めた。
「ねぇ」
明らかに軽いノリの甘い声。
掛けられた声の主は、今度は何と男の人!
「二人でナニやってんの〜?一緒遊ばない?」
ぐいっと咲人くんの腕に腕を絡ませる。
逆サイドからはあたしに腕を絡ませる二人組み。
「僕、男だし。それに僕のお姉ちゃんに軽々しく触んない
でくれる?」
あたしに絡ませた腕をギッと持ち上げて、睨みを利かす。
(ぅハ̶̶̶̶ッ‼)
この兄弟、絶対女殺し!
呆然とする男達を置いて、咲人くんに連れられあたしは先
を急いだ。
するっと手を繋いで、街中を駆け巡る。
にこにこと笑い、サラサラと髪をなびかせ、「お姉ちゃんっ」

と振り返る姿がすごく可愛い。
あたしはそんな咲人くんに連れられて公園へ辿り着いた。

「お兄ちゃんのこと、好き？」
「ぶふぅッッ‼」
「あ、好きなんだ」
ストロー付きのジュースを銜(くわ)えながら、突然そんな事をダイレクトに聞いてきた咲人くんに、あたしは口に含んでいたジュースを噴射する。
噴き出たジュースから、ひょいと身を交わして、紙パックに刺さったストローをクルクルと回し、咲人くんはニコリと笑った。
あたしの口元からタラタラと"あっぷる100%"が流れ出る。
「なっ何をいきなり」
「お兄ちゃんの子どもの頃の写真とか見たくない？」
咲人くんが身を屈めてこしょっと口元に手をかざして囁くので、あたしも前のめり気味になって咲人くんに近づいた。
「あ、あるの？」
キラキラと輝く瞳に吸い込まれそうになりながら、咲人くんの顔に近づく。
吸引力を持っているとしか思えないこの兄弟の、この瞳。
王子がドキドキの力なら、咲人くんはキラキラの力。
その瞳が綺麗過ぎて、距離の感覚がなくなってしまう。
「何やってんだよ」

向かい合わせた顔から気付けば握られていた手を、絶交決～めた！の時のようにチョップで裂いて登場した、兄貴。
ジロッとあたしを見る目が恐ろしく怖い。
(あたしが何したってのよッ‼)
うっひぃと目を歪めて王子を見ると、王子はそれを無視して咲人くんに目を当てた。
(このやろぅ…)
「お兄ちゃ～～～ん」
という、あの叫び声が聞こえて咲人くんはゴロゴロと喉を鳴らしている。
咲人くんのサラサラの髪を撫でて、微笑む王子のその優しい顔つき！
(あたしにはそんな顔、全く見せないじゃないの‼)
ギラギラと視線を合わせたまま、王子と数秒睨み合い、あたしからフンッと顔を背けた。
「お姉ちゃんに助けてもらったんだよ～」
座ってたベンチに膝で立ち、咲人くんは王子の胸に顔をグリグリなでつけている。
(いい加減やめようよ…)
顔でウンザリの信号を送ってしまい、それを見た王子が鼻で笑った。
(咲人にヤキモチ妬いてんなよ)
そう言ってる‼
ムカァ！と血の上るあたしと余裕しゃくしゃくの王子を交

互に見て
「僕も（アイコンタクトの）仲間に入れてっ」
とあたしの瞳に食いつくように咲人くんが見つめてきた。
そんな咲人くんをぐいっと引っ張って（猫を抱くようにお腹の辺りから引っ張って）
「そんなアホな女ほっとけ」
とあたしを置いてどこかに向かうクソ王子。
「あたしは!?」
「知らねぇよ。勝手に帰れば？」
有り得ないくらい冷たい瞳、仕草、言葉に態度。
あたしはわなわなと唇が震える。
「え〜お姉ちゃんと一緒に行きたい〜〜」
ぷぅっと頬を丸く膨らませ、唇をアヒルみたいに尖らせて、咲人くんが左右に身を揺らしている。
「あのお姉ちゃん、頭悪いから勉強しないといけないの」
王子は咲人くんに目線の高さを合わせて、ポンと頭を撫でてそんなことを言う。
（今日はトコトン意地悪言ってくれるじゃないのぉ…このサド王子ッッッ!!）
あたしは怒りで身が震えた。
「よく場所分かったね〜」
「咲人の行動、読みやすいよ」
そんな会話が次第に遠のき、去っていく二人の影。

(ほんとに置いてった…)
あたしは"あっぷる100%"を片手に、街の中心部、広い芝生敷きの公園に一人置き去りにされてしまった。
陽の傾いた風景の中、いちゃいちゃするカップルやどこから持ってきたのかソフトバレーをしている高校生、ヘタクソな唄を熱唱している少し小太りなおじちゃん。
美形男二人に置き去りにされた哀れな小娘を見ないようにみんな目を伏せていた。
(あんの変態ブラコン男〜〜〜〜 !!!!)
いつもは聞こえる遠吠えも返ってこない。
どうやら今日は犬さえも、あたしを無視しようと決めたようだ。

ヒタヒタ
ヒタヒタ…
厄日ってやつは、とことん追い込んでくれるようで、一人寮に帰る道。
ヒタヒタ…
少し歩けばついてくるこの足音。
さっきまでは気付かなかったけど、角を曲がって極端に人が減ったこの路地に入ってから聞こえてきたこの足音。
街灯も仄(ほの)か、人だって、ましてや車だって通らない道。
今日に限って、寮生もいない。

"変質者に注意！"この黄色い旗が悲しく揺れている。
ヒタヒタ…
振り向けない振り向けない！
振り向いて、向き直った時に「ばぁ‼」ってなったら恐いんだもん〜〜〜〜ッ！（泣）
鞄を抱きかかえるように握り締め、すたすたとペースを上げてみる。
それでも、ヒタヒタと聞こえるこの音。
（うわぁ〜ンッ‼変態ブラコンエロクソ王子のバカァッ‼置き去りになんかするからぁ‼）
がむしゃらに走って、ステーンッとスライディングしてしまったアホな小娘、あたし。
溢れた鞄の中身。
買ったばかりの香水が道に転がって、飛び出た教科書類。
（あたしのバカバカ！）
泣きそうになりながら、それらを拾い集める。
ヒタヒタ…
ヒタッ
（足音が止まったぁ‼恐）
よく見るとあたしの鞄から溢れ出た"ソレ"
大きさは10センチくらい、足がヒタヒタと動く電池式のペンギン人形。
道を歩かせてみると「ヒタヒタ　ヒタヒタ」と音を立てて歩いている。

(なぁんだ、これか)
ホッと胸を撫で下ろして、溢れた荷物をせっせと鞄に詰める。
見たことのないこの人形に一人「変質者⁉」なんて怯えていた自分があまりにも滑稽。
さっきの自分を思い出して、一人ププッと4本指を口元に当てて笑ってみる。
(…ん？見たことのない？)
その場をグルグルと歩いているペンギン人形をあたしはジッと見つめる。
大きな黒い瞳と、人形特有の生気のない笑った顔。
黄昏時の見えるようで見えない薄暗さの中、その人形がこちらに近寄りながら、ニヤリと笑った気がした。
…ゾク…
「きゃああああああああああ‼」
お化け屋敷のゴールが見え、ホッと一息ついて意気揚々と出ようとした瞬間「わっ‼」と驚かされた時みたいに、ピンポイントに掴まれた肩にあたしは、大きく悲鳴をあげた。
悶絶状態で地を這うと、今度は捕まえられた脚にパニック寸前。
「☆＊℃∬∀¥Å＃⁈⁈」
神様ごめんなさいっ
これからは真面目に授業受けますっ
トマトも残しませんっ

宿題も自分でしますっ
だから
だからそれだけは〜〜〜〜
「何やってんの？」
へ？
偉そうな声。
掴んでいたあたしの脚を地面にポトッと落として、道端に散らかした鞄の中身を見る。
「か、克穂くんッ‼」
あたしは心底ホッとして、あたしの前にしゃがみ込む素敵な王子に抱きついた。
「ほんっとどんくせぇ女」
偉そうな態度も口調も今は全く気にならない。
ぎゅうっと力いっぱい王子に抱き着く。
「怖かったぁぁッッ」
ホッとして流れ出そうになる涙を堪えながら笑った。
「俺は面白かった」
あたしをチラッと見て、ニヤリと笑う口元。
(こ…コイツ見てやがった⁉)
信じられない！と王子を見ると、王子は道をヒタヒタ歩くペンギンをひょいっと拾いあげる。
「この悪趣味な人形は何？」
首を横に振るあたしの腕を掴み、二人分の鞄と一緒に持ち上げた。

115

「俺が一緒じゃなかったから罰則決定だったな」
その言葉で携帯を開く。
食事がつく平日は7時までが門限。
今はもう7時10分。
門限を破ると恐ろしい罰則が待っているという噂で、みんな確実に守っている。
(だから誰もいなかったのか…)
根本的な事に気付かなかった。
寮に帰る途中、王子の手から、綺麗な半円を描いてゴミステーションへ飛び立ったペンギン人形。
「ちょっ…！」(捨てちゃうの？！)
「なに？」
「いや…何でも」
「そ」
ひょうひょうとあたしの腕を掴んで歩く王子。
あたしは駆け足気味で王子について行きながら、やっぱり気になってこっそり振り返る。
するとペンギン人形がジトッとした瞳でこちらを見ていた。
(Σ怖っ)
あたしはギュッと王子の腕を握った。
寮官も王子のにこやかな嘘に納得して、お咎め無しで部屋に入れてもらうことが出来た。
王子が鍵を開けている間に部屋ポストを開ける。
この寮は、各部屋の前にポストが置いてあって、たまに中

学の頃の友達から手紙が届いたりするから、ポストを開けるのも楽しみの一つ。
パカ
１通の手紙。
あたしがそれに手を伸ばすと、その上からヒョイっと王子が取る。
「俺宛てだろ？」
「希望くらい持たせてよっ」
「どーせ女友達だろ」
（ムカッ）
「そ…んな訳ないじゃない。あたしだってラブレターくらいもらうし」
腰に手を当てて顔を斜め上に背ける。
「へぇーそれはいつの話？幼稚園？」
あたしの肩に腕を置くあのポーズ。
ニヤリとあたしに体重をかける。
「さ…３年の話だし！（小３だけど）」
「小学？」
「ぅ゛」
「図星か。分かりやすい」
（むっかぁ‼︎）
余裕で扉を開けてスイートルームのような寮部屋に入る背にあたしは図星の怒りを向ける。
「あ…あたしだってねぇ告白される事だってあるんだから

ぁ!」
「ふぅーん」
「さっきのペンギン人形だって、ほんとはプレゼントされたんだからね!」
…なんて…つい、言ってしまった。
王子の細いけど大きな背中がピタリと止まる。
「…それマジで言ってんの?」
少し俯いて、ゆっくりと重い声。
ごくっと喉を鳴らしてあたしは言葉を続ける。
「ほ、本当だよっ」
無言の王子。
もしや…
ヤキモチ、
妬いてくれてる?
嘘をついてる罪悪感と、バレるんじゃないかというスリル感と、王子がヤキモチを妬いてるかもしれないという期待感が胸の中で交錯する。
ニンマリと上がる頬。
数歩先の王子に抱き着いて「うっそー!」と驚かそうか…
ジワリジワリと足を少しずつ前に擦り出す。
「うっそーん」と抱き着こうとした瞬間、振り向いた王子があたしの腰に手を回した。
ダンスを踊る態勢みたいに片方の腕はあたしの腰に回り、もう片方はあたしの左手首を摑んでいた。

王子の右手に握られたさっきのラブレター。
便箋が開かれているから、しょぼんと俯いてたわけではなく、この手紙を読んでいたらしい！
「へぇ〜。相手はどんな奴なんだろ？いいなー。モテる彼女と付き合えてる俺って」
ニッコリと目を細くする。
（全く信じちゃいねぇ…）
その余裕の笑みと発言に、あたしは大きな脱力感に襲われた。
その余裕の笑みに、チラッと見えたラブレターの中身。
『ずっと待ってるから』の１行。
（ずっと待ってるからぁ??!!）
それって『別れるのを』ってこと?!
手紙に視線を感じて、王子が「っと」と手紙を隠す。
彼女のあたしの前で…しかも彼女が他の男に告られてるかもしれない（嘘だけど）って時に、よくも他の女からのラブレターなんか読めるわね！！
力任せにあたしは王子の腕を振り払う。
だいたい今時ラブレターなんて流行んないから！
王子を跳ね退けて自分の部屋のドアノブに手をかける。
でも気になる王子の答え。
ちゃんと断るんだよね…？
「何、気になる？」
立ち止まるあたしに、鼻で笑ったその言い方。

ムカチーンと図星の鐘が鳴った。
「全然！！！」
勢いよくドアを閉めて、鞄をベッドに投げ付ける。
(クソ王子〜〜！勝手に告られてしまえ！！！)
ひとしきり枕を叩いて、鳴ったお腹。
王子はシャワーを浴びているらしく、ザー…ッと水の流れる音が聞こえる。
あたしは冷蔵庫へソロリソロリと足を運んだ。
おばあさまが作ったという"ほうれん草の薄もち　ピーナッツあん巻き"を勝手にいただいて、ふっと頭に舞い降りた悪魔の囁き。
ザー…ッ
あがる気配のないバスタイム中の王子。
ソファーやテーブル、リビングにはない、さっきのラブレター。
悪魔の囁きがあたしの頭の中を支配して、嫉妬心…もとい好奇心がＫＯ勝ちを決めた。

扉を開けて中を窺うと、机の横、電源がついたままのパソコンが暗い部屋に一筋の明かりを落としていた。
そろりと抜き足差し足でドアを開けて中に入る。

カチ

ぱっと視野が広がって、初めて見たその部屋は、綺麗に整理整頓されていて、大変な状態になっている自分の部屋を恥じらわせてくれた。
作りも、だいたいの家具も一緒。
王子の私物がちょこちょこと加えられていて、出窓のスペースにはコンポが置いてあった。
お目当ての物を探すべく、机の上に目を戻すと無造作に置かれていた数通の手紙。
どれも封は切られておらず、こんなにもラブレターをもらっていたのかと驚かされた。
そのそばで開かれた教科書。
これまた驚く程真っ白で綺麗な教科書。
学年トップって言ってませんでした…？
これじゃ全く勉強してない風なのですが…
もう全てが嫌味に感じられ、うんざりと顔をしかめて捜す例のブツ。
「！」
教科書の下、さっき見た便箋を発見した！
左右の確認をして、そっと２つに畳まれた手紙を開ける。
ドクン ドクンと心臓が鳴るのは二つの理由。
手紙の内容と、いつ帰ってくるか分からない王子の存在。
目をつぶって、開いた手紙を右目からゆっくりと開けてそろりと見た。

『明日の放課後、体育倉庫で待っています。来てくれるまでずっと待ってるから』
2枚目を開いた状態で、重ねて置いてあったらしく、1枚目を上に戻そうと、手紙を分裂させた時に目に留まった倒された写真立て。
なぜ倒れてるの?
好奇心は気まぐれで王子がいつ帰ってくるのかとドキドキしてるくせに、倒れた写真立てがあたしに見てと訴えているように感じた。
手を伸ばして、写真立てを摑んだ瞬間。
廊下を歩く王子の足音が耳に飛び込んできた。
ギィ
タオルで髪を拭きながら、部屋に入ってきた王子。
ふと立ち止まって、片方の肩にタオルを掛け、椅子に腰掛けた。
間一髪で教科書の下に手紙を滑り込ませて、挟まったベッドと出窓の壁の間。
あたしの胸はドクン ドクンと脈を打っている。
王子は、無造作に置かれた手紙を開ける風もなく、勉強をする風もなく、コトンと何かがぶつかる音を漏らした。
あたしは何となくピンときた。
あの写真立てを立てたんだ。
(あぁ!見とけば良かった!)
こんな状態に置かれていながら結構呑気な考えを広げるあ

たし。
出ていくタイミングも失って、ここで王子が寝るまで待たないといけないというのに…。
気付く素振(そぶ)りを見せない王子にあたしは小さくホッとする。
さすがの王子も、まさかこんな所に人が隠れているとは思わないだろう。
ワッ!!!と驚かせば、あたしに主導権が移るかな…
一人妄想に耽り、ププと漏れそうな笑みを両手で押さえ込む。
(あー早く王子寝ないかな……てか明日テストなのに…)
大の苦手の数学…
赤点が決定した。

王子が寝るというよりも、テストがヤバイというよりも先にあたしを襲った恐怖。
尿意があたしを襲う。
(トイレ行きたい…泣)
ワッと驚かして出ていこうか…。ここにいた理由を説明させられたら……今は困る。
時間がない。
一人ベッドの裾で悶々(もんもん)と頭を悩ませていた。
カチ
消えた電気。

王子が椅子から立ち上がり、ギシ…とベッドが揺れた。
(た…助かったァ‼︎)
で、でも…王子が寝るまでは…!
耳を澄まして、少しでも早く寝息が聞こえて来ないか息を呑んだ。
少しするスースーと聞こえ始めた王子の寝息に、あたしはゆっくりと体を下にずらしてすき間から出た。
ここで王子にバレては困る!
だいたいのタイミングではここで腕を摑まれて、ベッドに押さえ込まれる。
それだけは今はどうしても避けたい!
ホフク前進で王子の部屋から脱出を試みた。
グングン進んできたのはいいけれど、どんなに仰け反って背筋を使っても届かないドアノブ。
恐る恐る振り返って王子を確認。
暗闇の中、よくは見えないけど横たわる黒い影だけは確認できる。
そぉっと立ち上がり、ドアノブを静かに下ろした。
(脱出成功‼︎涙)
ガチャン

あたしは、王子の砦から解放された

はずだった。

ガチャンと閉まったドア。
顔の横から伸びる引き締まった腕。
右手前方に置かれた大きくて綺麗な手のひら。
表王子の時は、あたしの頭を優しく撫でてくれるその手のひら。
あたしは茶色いドアを目の前にして、タラリと冷や汗が流れた。
見なくても分かる、王子の表情。
絶対"ニヤリ"と笑っている！
王子の大きな左手のひらがあたしの頭頂部をガシッと掴んで、あたしはクルリと回れ右をさせられた。
「まさかそんな登場だとは思わなかったわw」
あたしの額に自分のおでこをくっつけて、見上げるようにあたしを覗き込む。
あたしはびっくりして身を引くと、ゴツンと後頭部がドアにあたった。
「お願いッ今回だけは見逃して‼」
手のひらを合わせ、涙を溜めて懇願する。
「ふーん」
含みを持った笑顔が、間に合うかもしれないあたしの時間を潰していく。
(ヤバイ！ムリ！)
ガチャガチャと後ろ手でドアノブを動かす。
「どうしても？」

「どうしても!」
「絶対?」
「絶対!」
「今夜俺と一緒寝る?」
「寝る!」
なんて、
あぁ…。
言
っ
ち
ゃ
っ
た。

ジャー…
間一髪間に合ったのは良かった。
湯船に浸かりながら、後悔するさっきの出来事。
手紙なんて見に行かなければ良かった。
人様のプライベートを覗き見なんてしなければ良かった。
ぶくぶくと空気を吐きながら、顔半分をミルクの入浴剤で
濁ったお湯に沈めていく。
(一緒に寝る⁉ 一緒に寝るってドウイウ事よ⁉)

自ら、カタカナにしているところが何を意味しているのかキチンと分かっていると強調している。
いつもより、念入りに洗った体。
(だって初めてだし…)
って何が‼???
曇った鏡をゴシゴシと拭いて、見る自分の体。
「ちあきの乳はA′(ダッシュ)」と書かれて貼られた紙を思い出す。
(大きくならないかな…)
って何が‼???
あたしは自問自答を繰り返す。
だって恥ずかしいじゃない！
宣戦布告、インフォームド・コンセント…、とにかく告げられてしまったあたしの近未来。
あたし、とうとう…
王子としちゃうの??‼
ぶくぶくぶくと顔を沈めて、高鳴る鼓動を抑えようと努力した。

ドキドキの心臓を打ち鳴らして、座った王子のベッドの上。
トン…
キスさえしないで倒されて、茶色い髪があたしを見下ろす。
少し癖のついた茶色い髪から見える、力を持った綺麗な瞳が頬の染まったあたしを写している。

「…プッ緊張してる？」
ガチガチ固まってるあたしに余裕の発言。
「ぜ、全然ッ！」
あたしは明らかに声が裏返った。
「…。ふぅ～ん」
あ…。
あの、イジワルな笑い顔。
「声、出すなよ。出したら俺、止まんないから」
（へっ…⁉）
触れると思った唇があたしの唇の目の前で止まる。
「…ッ」
触れそうで触れない唇があたしの唇から首筋へゆっくりと移り、そして胸元に下がっていく。
感じるのは王子の唇から洩れる熱い吐息。
決して触れない唇にあたし…おかしくなりそう…
「…フッ」
気付けば王子の首元に回した両腕で、あたしは王子を自分の元へ引き寄せていた。
「…して欲しい？」
口元にうすら笑みを浮かべてあたしを見下ろして言う。
…イジワル…
ホントは分かってるくせに…
本当はして欲しいのに、素直になんか言えないの。
だって…だって…ッ

「ホント素直じゃない」
左に折り畳んでいたあたしの顔を少し強引に、でも上品に優しく自分に向ける。
チュ
いつもより潤いのある王子の唇があたしの熱い唇に重なる。
「…千亜稀の唇、熱い」
そう言われただけで体が火照ってしまうあたし。
「…いい匂い。千亜稀の匂いがする」
あたしの濡れた髪をすくって王子がキスを落とす。
前に見たあの強い瞳であたしの瞳を捉えたままそう呟いた。
ドクン…
熱く高鳴る鼓動。
チュ
落ちてくる甘いキス。
でも触れるだけ。
触れる前は触れて欲しいと思ったけれど、触れられてしまうともっと欲しくなる。
(ねぇ、どうして？どうして今日は触れるだけなの…？)
自然と重なり合う唇に、あたしは自分から王子を求めた。
チュ…
「もしかして千亜稀、物足りない？」
クス…と少し顔を俯かせて笑う王子。
距離を保っていた両腕を曲げて、少しゴツゴツした王子の体があたしの上に重なった。

首筋をゆっくりと優しく触れる。
唇はつけるだけ、ぎりぎりの距離で離して、伏せる長いまつげをあたしに見せながら、あたしの首筋、胸元、軽く曲げた脚を見つめていく。
ただ見られてるだけなのに、見つめられたところから熱い息が飛び出している。
「言わないとやんないよ？」
フッと笑うが、その笑顔は甘くて愛しい。
（…この男…ホントにサド…）
心の中では、頭の中では、そう思ってるのに言うことを聞かない体。
「…て…」
「聞こえない」
「…シッ！して……下さぃ…」
恥ずかしさで滲む目をサド男に向ける。
王子はふっと笑って、綺麗なまぶたと長いまつげをあたしに見せてきた。
あたしもそっとまぶたを下ろした。

「とまぁ冗談はここまでで」
ひょいと身を翻すエロ王子。
ブラの肩紐なんかベロンと下がって、覚悟決めてたあたし。
（…ふぁ？）
「まさかヤッちゃうとでも思った？」

フンと鼻で笑って、小バカにしてあたしを見る。
"屈辱的"
まさにソレ！
(えぇえぇ！ヤッチャう気でしたとも‼)
乱れたスウェットに爆発頭。
あたしは震えながら身を起こす。
もちろん怒りと恥じらいの振動。
「お前に赤点取らせたら俺が怒られんだよ」
ぽいっとシャーペンを投げてあたしによこす。
「ほら！散々なその頭、一から叩き直してやっからこっち来い」
何もかもがクソ王子のペース。
(俺が怒られる⁉叩き直してやる⁉つーか何で全てがあんた中心なのよッ⁉)
わなわなと震えが止まらない。
(あたしの覚悟は何⁇⁉あの言葉は何⁇‼さっきまでの事、一体何だったわけぇ───‼怒)
あたしは怒りに立ち上がり、王子の座る椅子を通り越してドアへ突進した。
ガチャン！
開けようとしたドアを押さえられて2回目。
あたしは後ろに立つ王子を振り返って睨みつける。
「して、欲しかったわけ？」
あたしが言ったように「して…」を甘い口調で区切ってク

ソ王子は言う。
違うし違うし違うし‼(ちょっとは当たり)
頬の肉がフルフルと揺れる程、激しく首を振って王子に抵抗する。
「なら勉強してもいいんじゃねぇの？」
ニヤニヤと笑ってあたしに「ん？」と同意を求める。
(ぅグ…Σ)
反論出来ない哀れなあたし。
王子に促されて、シャーペン片手に椅子に腰掛けた。
王子が耳元で理解出来ない呪文を唱えている。
理解は出来ないけど、入ってくる説明。
先生みたい…
いや、もしかしたら先生以上…？
ジーッと透視するように食い入って見つめていると「その目で見んな」と王子は眉間を動かす。
(あ、もしかして近距離で見つめられるの苦手なの⁉)
あたしがニマッと唇を合わせて笑いを堪えると、王子はぶつくさと教科書の説明を始めた。
テスト勉強。
いろいろ期待？した一夜が一刻一刻と時を刻んで過ぎていく。
意外と、二人でいると笑いが絶えないってことを知った夜になった。

あのアラームが頭元で鳴って、目覚めた朝。
ふにっ
何かが胸に当たった。
（Σ！！！）
王子の手のひら。
いつの間にかベッドで二人スヤスヤと寝ていたらしい。
あたしは抱き枕になって、王子にがんじがらめにされている。
（乳！乳触ってる‼︎）
うひーんと泣き顔で、王子の手をぐいぐい押すと、王子の手が胸を触るから体が変に熱くなる。
（あたしのバカバカッ）
さわっと動く手に、びくっとなる体。
昨日は結局、勉強で一夜を明かしたのに朝になってこうなったら意味がない。
絡んだ王子の体を必死に押しのける。
でも動かない。
さわっと触れる手にあたしはビリビリと痺れが走った。
（た…助けてッ）
「朝から感度高けぇな」
ニヤリと横で笑ってる王子。
（Σや・やられたッッ）

バチコーン！と綺麗な頬が赤く腫れて少し不機嫌オーラの出ている王子の隣を、あたしは小さくなって歩く。
「おはようございます。克穂様、頬どうされたんですか？」
誰かとすれ違う度、この質問ばかり。
「暴れ馬にやられてしまって」
綺麗な手で頬を押さえてにっこりと微笑む。
(暴れ馬って誰の事よ…)
誰もあたしになんか目もくれず、王子の偽笑顔に夢中。
「はぁ…」と溜め息をつき、あたしは教室のドアを開けた。
今からテスト。
あーぁ、やになっちゃう…。
教室に入ろうとした時、あの時の取り巻きの一人が王子に声をかけた。
「今日のお稽古はどうされますか？」
(お稽古？てか凄い色気…)
取り巻きの一人、もの凄い色気を放つ彼女をあたしは峰不〇子と名付けた。
「今日は放課後、用があるので」
王子は申し訳なさそうに眉を下げる。
(稽古って何？お茶？花？ヴァイオリン？
てか！もしかして！！！)
峰不〇子が「分かりましたわ」と厚い唇で返事をすると、どんぴしゃでチャイムが流れた。
1時間目から3時間目までがテスト。

中間テストだから午後も普通に授業。
1時間目は現国のテストだ。
普段の時間割では数学の時間なので監督は数学教師。
ねっとりとした視線の、気持ちの悪い数学教師の合図でみんな一斉にシャーペンを机に打ち鳴らす。
カツカツカツカツカツカツカツ…！
その度にいつも思う。
そんなに名前長いのか！って。
（だって国語って最初は読まないと何も書けないでしょ…？）
文章を読んでいてもなぜか頭の中をよぎる、さっきの王子の発言。
『放課後、用があるので』
『…放課後…』？
「あっ！」と口元を押さえて身を屈める。
あの手紙！あのラブレター！
あのクソ王子、他は封さえ開けてないくせにアレだけはしっかりと読んでいた。
アイツ、会いに行く気なんだ…。
わなわなとシャーペンを持つ手が震えて、ボキィと芯が折れる度、隣の男がこちらを見る。
何よ、と強気で見ると数十個の折れた芯が彼の用紙の上に散乱していた。
（ごっごめんなさいッッ）

ジェスチャーで伝え、あたしは体を小さくして問題を解くのに専念した。

午後からのあたしは一層、打ちひしがれていた。
確かに出た、王子が教えてくれた問題。
ちゃんと解けた。それも分かってる。
なのに…なのに…
1つずつズレてた解答欄。気付いた時には後ろから回収がかかっていて、自分の不甲斐なさに涙も出ない。
(…あぁ…赤点決定…)
呆然と椅子に腰掛けているあたしの後方からマミヤちゃんの声が響いた。
「昨日はステキな夜を過ごされたようで」
いつの間にかホームルームも終わって、鞄片手にニマッと笑う大きな瞳があたしを見つめるから恥ずかしい。
「違う違う!!」
必死に否定して王子へ目をやると…いない。
(だった!呼び出し‼)
マミヤちゃんにお詫びを入れて、あたしはあの場所を目指して全力疾走で廊下を駆け抜けた。
体育倉庫は校舎の影にある。
人も少ないし、告白するには最適の場所。
彼女持ちと知っていて告白をするってことは相当の自信有

りとみた。
もしくはケジメを付けるためか…?
出来るだけいい方向に考えて、校舎から近くの木へ、木から電柱へ忍者のように身を隠してあたしは移動した。

ガタン

誰かが倉庫の中へ入っていった。
あたしも恐る恐る倉庫の入口へ近づく。
"王子の彼女"は、行動力に忍耐力、そして少しの好奇心が必要。
あたしはその女と全面対決はする気はない。
気になったのは王子の態度。
王子、ちゃんと断るよね?
不安に思ってるわけじゃない。
でもどうしてこの人にだけ出向こうと思ったんだろう。
どうして昨日、イイとこで止めたんだろう…ってコラコラ!
王子の態度は摩訶不思議。
全く読めないその行動にいつも振り回されて、あたしを夢中にさせる。
あたしはこっそりと素早く、アヒル歩きで体育倉庫内への侵入に成功した!

さっき確かに人が入ったのに気配のない体育倉庫。
ゾクッと背筋に冷たいものが流れる。
この感覚、最近もあった。…あぁあのペンギン人形。
そう思い出したら体育倉庫の扉が音を上げて閉まった。
ガシャー…ン
「？！」
同時に転がされたマットの上。
一瞬の事にうまく把握出来ず、あたしは転がされて仰向けになっていた。
暗闇に慣れない目で辺りを見渡すけれど意味がない。
ヌッと伸びてきたものが手だと分かった瞬間、口元を押さえ付けられた。
「ふがっ??‼」
「来てくれて嬉しいよ…。勇気を出して書いた甲斐があったよ」
ねっとりと気持ちの悪いその言い方。
(えっ…⁉)
「こんな事したら、あのすかした王子どう思うかな？」
よく見えないけれどニヤニヤとヤラしく笑っているのが想像できる。
りかちゃん人形のスカートとかめくって喜んでそうな、そんな印象！
ヌッと伸びてきた太い指があたしのフトモモに君臨する。
「ギャッ??‼」

王子さえ触った事のない部位を優しくなぞる。
「あの人形、気に入ってくれた？」
気持ちの悪い声が耳元で聞こえる。
(何⁉ 何のこと言ってるの⁉)
必死に抵抗して、その男の顎をぐいっと押すとニキッと脂ぎっているのが分かった。
(ギョエ〜〜‼ 誰か助けてッッ‼)
「どうやっても王子には敵わないんだ。だから、ごめんね？僕が君の１番になるから」
フルフルと顔を揺する。
奴の指にアタシが犯されていく。
王子が昨日読んでいたのは、コイツからの手紙だったんだ。
ペンギン人形もコイツからの贈り物…？
あたしこんな奴知らない…
知らない男に犯されていく…
王子っどこに行っちゃったの…？
助けてよぉ…ッッ
唇を嚙み締めて強く目をつぶった。

ドフゥッ…ッッ
満身の力を両足にこめて、あたしはウルトラキックをその男の下腹部にお見舞いした。
それと同時にその脂ぎった顔に入ったサッカーボール。
その男の体が床になぎ倒された。

「これからいつも2番なんですよ」
にこやかに登場したギリギリ表王子。
「やるなら鍵、かけないと」
笑顔でサラッとすごい事をアドバイスしている。
脂ギッシュ君がよろよろと体を起こし、悔しそうに王子を睨んだ。
王子が開けた扉からこぼれる光。
脂ギッシュ君の姿が露わになった。
タラコ唇に目の粗い肌。
分厚い眼鏡をかけているので多分勉強一筋、参考書が恋人であったと予想される。
いや…それはきっと今も進行形…。
「どんなに筆跡を変えてもバレバレでしたよ？佐藤くん」
(そのせいであたしってば、てっきり女の子からの手紙だと思ったんだ…ⅲ)
「それに…」
チラッとあたしに目配せをする。
「さっきのやり方だとサトウくん自身も痛かった…」
そう言ってツカツカとあたしの方に歩み寄り、王子はいつものようにあたしの上に体を被せた。
少し段差のあるマットに片膝をついて、右手はあたしの顔の横。
佐藤くんに見えるように体を開いている。
「ちゃんと濡らさないと」

(ぬ、濡らッ?!?!)
クチュ
「ん…ッ」
いつに増していやらしい音を立てて、佐藤くんの面前、王子がキスをした。
「ンッ」
キスの途中で漏れる濡れたあたしの声。
佐藤くんに見せつけるかのように激しく甘いキスが容赦なく降り注ぐ。
(…恥ずかしいよぉ…ッッ)
赤くなるあたしと同様、赤くなる佐藤くんの脂ギッシュな顔。
これで赤くなるということはきっと未経験者なのだろう。
言われてみれば、乱暴だったというよりもぎこちなくて粗削りだった。
無意識のうちに比べていた王子との差。
そう考えるとこのエロ王子、一体何者…?
トロンと感覚がうつろになる王子の甘いキス。
佐藤くんから変な汗が吹き出していた。
「こんな馬鹿げた事するよりも、机に向かって真面目に勉強した方がずっとずっと僕を抜かす事ができますよ」
にっこりと微笑みを崩さず、王子が言う。
佐藤くんはクッと唇を噛んで恥ずかしそうに立ち上がり、ヨロヨロとドアの方へ歩いた。

「あ。次、はないですよ」
王子の微笑みは変わらない。
ただ彼の太い腕を握ってそう言っただけなのに、あたしも、きっと佐藤くんも凍り付いた。
あのペンギン人形よりもはるかに薄気味悪くて恐怖感を煽るこの笑顔。
「ご…ごめ…うわぁぁ…」
佐藤くんは冷や汗をかきながら、足早に逃げて行く。
「…」
あたしはあまりにも滑稽なその姿に何のコメントも出来ない。

「さてと」
佐藤くんを見送って、ガチャと鍵を落とすエロ王子。
さっきと明らかに顔付きが違う!
「まさか勝手に、人の手紙を読んでいたとはね」
にっこりと笑ってるその顔が怖い。
(ていうか人の手紙、勝手に読んだのそっちじゃん…)
目をうつろに王子を見ると、王子はシュルっとネクタイを外した。
(縛られる?!)
「縛らねぇよぃ」
顔の前で腕をクロスさせて防御線を張るあたしに王子が言う。

「なんちゃって」
ホッとあたしが力を抜いた瞬間、封じ込まれた両腕。
「えっ⁉ ちょっ…⁉」
「お前、アイツに何されたか分かってる？」
王子が、ふぅっとあたしの耳に吐息を注ぐ。
ゾクゾクっとやらしい音があたしの体の中を駆け巡った。
「大丈夫。本番は家に取っとくカラ」
にっこり笑うエロ王子。
(ほ、本番って…)
「うキャッ⁇‼」
エロテクニックは王様級。
こんな所で犯されるのだけはマジ勘弁！
勘弁なのに…勘弁なのに…あたし、王子には本気でウルトラキックなんか出来ないの。
「…ンッ」
あたしを見つめるこの瞳、今まで見た事ないくらい熱味を帯びている。
幸せそうに微笑む顔に、あたし騙されてない？
あぁ…きっともう逃れられない甘い夜。
村岡千亜稀、15歳。
テストは赤点。愛は満点。
王子からの甘い束縛に、今夜は覚悟を決めるのでしょう。
王子に求愛されてるこの幸せが、ずっと続きますように…なんて願ってるあたしはM女。

王子に開拓されて、これから素敵な女性になっていくのかしら…?

S♥5a
愛のハカリ方

セミダブルのベッドの上。
携帯は朝方5時を示している。
隣で眠る王子。
寝顔もすごく綺麗。
つんと上がった鼻筋が、まっすぐ天井へ向いていて、長いまつげが頬を隠す。
イルミネーションの下、王子が言ってくれたあの言葉。
『キスの反対』
実際には言われてないんだけど、思い出すと今でも胸がキュンと鳴る。
愛を分かち合った昨夜。
王子の腕の中は、すごくすごく幸せで、たとえ言葉にしなくても愛が伝わってきた。
今、ふと目が覚めて、隣に王子はいるのに、計り知れない寂しさがあたしを支配する。
どんなにキスをもらったって、どんなに抱きしめてもらったって、あたしはまだ足りない。
王子の口から、
愛の言葉が欲しいんだ。

あたしの首下に潜む、鍛えられた細いけど硬い腕。
規則正しい吐息が腕にも伝わって、あたしはこっそりと王子の方へ顔を向けた。

『重いからいいっ』
『それは俺が決めること』
『っちょっ‼』
猛反発した甲斐もなく、するりとあたしの首裏に腕を通して王子に引き寄せられた就寝前。
『…重くない？』
『重かったらそう言ってる』
ふぁあっと欠伸をして、王子は素っ気無くそう答えた。
ただそれだけのことに、あたしがこんなにもドキドキしてるってこと気付いてる？
初めてのことばかりでドキドキしてるってこと気付いてる？
どうしてそんなに慣れてるの？…って不安に思ってるってこと気付いてる？
ねぇ、お願い。
愛の言葉が、
愛の印が、
愛の自信が、欲しいんだ。

チュ

重なった唇。
「…おはよう」
にこやかで穏やかな口元。
キラキラの表王子。
「よく眠れた？」
あたしはただその笑顔を見つめて、小さく頷いた。
その笑顔に見つめられて、ポポポと染まる頰が恥ずかしくて、捲り上げたタオルケット。
王子の匂いのするこのタオルケットに、あたしはまた胸が高鳴った。
「…克穂くんこそ、眠れた…？」
目だけ出して、しどろもどろにそう訊ねると王子の満面の笑みが返ってきた。
(そんな顔、ずるい…)
今朝は、いつになく表王子の顔を見せている。
「…ねぇ、その顔どうしたの？」
ゆっくりとあたしの頭を自分の方に引き寄せようと回す王子の腕に、あたしは手をかけて訊ねた。
「どの顔？」
(ほら、また)
にこやかな王子の顔が、いつになく綺麗で、優しくて、あたしはドキドキを手放せない。
「別に。普通だけど？」
そう微笑む表顔に引き寄せられて、あたしはゆっくりと王

子に近づいた。
「元寇の二つの役は？」
がしっと前頭葉を掴まれて、聞かれた質問。
「え…はッ!?」
「覚えてないとか言わせねぇよ？」
実は昨晩、王子の個人授業を受けて、かけてもらったヤマ。
さすがに『数学の欄を１つずつずらして書いちゃった☆』だなんて言えなくて、今のところ結構デキてると把握していらっしゃるよう…。
バレた時がかなり恐い。
「げ、元寇の…？
えっとえっと…弘安の役と…ぶ、文禄の役？」
額を掴んでいる大きな手から外れようと、あたしは必死でその手を押し上げる。
笑う目元と口元が、いつもの裏王子に戻っていた。
「おしおき」
にこっと笑顔で、サラッとまたＳ発言をしてるこの王子。
「ちょっと待って‼」
シャツを捲りあげられて、あたしの肌が露わになっている。
「ッキャッ!?」
「昨日、ここがイイって言ってたじゃん」
唇をつけたまま、あたしを見上げて唇でツンとそこをつまむ。
「ッ‼」

149

「我慢するなって」
ニヤニヤと笑う顔が一気に裏王子のイジワルでエロ顔になっている。
(朝からナニやってんのよ〜〜〜‼)
「答えは文永の役と弘安の役でしたw」
…と、王子は答えを教えてくれたけど、あたしの耳には全く入っていなかった。

「そうそう。蘇我氏が飛鳥寺で…。鞍作鳥が…そう」
にこやかな表王子は、来る者拒まず。
もちろん彼女も他の子も各平等。
あたしに教えてくれたように(いや、それよりも丁寧に優しく)他の子達に教えている。
目をハートにして群がる女の子達の中心で、先生みたい。
"彼女"がいても、特別扱いしない王子はまた一つ株を上げたようで、クラスの子達も、あたしに気にせず話し掛けては優しい笑顔をもらっている。
普段、プライベートでさえなかなかもらえないその笑顔を他の子達はこうやって、いとも簡単にもらっている。
今は1時間目。
テスト勉強に当てられたこの時間に、先生は教卓のところで読書と偽って居眠り中。
勉強は王子に任せて、首を後ろに傾けて腕も脚も組んでス

カーっと寝息を立てている。
読書の本は、とうの昔に床にずり落ちて悲しく横たわり、早30分が過ぎようとしていた。
(あの首元に冷水でもぶっかけてやりたいよ…)
「すごーい！さすが克穂くん」
ワーワーと王子をおだてる声が聞こえる。
…そう、最近は"様呼び"をしなくなったクラスメート達。
クラス内の噂によれば、王子がそれを廃止にしてと言ったとか…？
ますますモテ度の上がった王子に、あたしの怒りボルテージも一緒に上昇気流に乗り、ボキィっとシャー芯の消耗が激しい。
隣の席の男子があたし同様怒りボルテージを高々とあげて、こちらへゆっくりと首を動かした。
やる気のない、開ききっていない目。
ネクタイはだらしなく結ばれている。
半分しか開いていないまぶたから、薄い茶色の瞳を覗かせていた。
つりあがった目尻で無言の圧力をかけ、睨みを利かしている。
あたしに見えるように、ノートの上に散らばった芯をパラパラと床へ落とした。
「…はぁ」
怒りのこもったため息を漏らすから、あたしも慌てて謝罪

の言葉を添える。
「ご、ごめんね？」
にこっとあたしは王子スマイルを真似てみた。

…チーン…

何となく予想はしていたけど、隣の席の住人はあたしを無視して、またノートを広げた。
(にこやかに、にこやかに)
王子スマイルならぬ、即興スマイルはグングン精度を落とし、崩れていく。
「…ッチ」
(…ニ、にこやかに、にこやかに)
隣から舌打ちが聞こえて、あたしは引きつり笑顔を見せながら、持っていたシャーペンを握り締めた。
逆サイドからは、王子とハーレムの女達の笑い声。
「克穂くんの教え方うま〜いっ」
「克穂くんの手、おっき〜いっ」
何教わってんだか、何比べてんだか、甘い声が耳につく。
「今度イロイロ教えてねっ」
バンッ…‼
あたしは、机に両手をついて立ちあがった。
「あ「っぶっくしょ〜いっ‼」」
あんた達、いい加減にしなさいよッ‼このエロ王子‼…な

んて言えないけれど、言いたかったこの衝動をナイスタイミングで邪魔してくれた不細工なくしゃみ。
隣の席の住人がぐすっと鼻をすすった。

…チーン…（再）

勢いよく立ち上がって、ちょっと古いけど江○ことエ○ちゃんのように指に力を籠めてあたしは大きな口を開けていた。
「何？」
いつになくにこやかで、女の子をはべらかしているクソ王子があたしに問いかける。
机を2つ挟んで王子の席。
いつの間にか敬語も打破されたようで、女の子達との距離が近づいていた。
「…んでもないわよ、悪かったわね」
ぶぅっと頬を膨らませて、あたしは静かに席についた。
「…今の何ですか？」
「さぁ」
クスクスと可愛らしい声が聞こえてくる。
あたしは頬が紅潮して、静かに俯いた。
（早く終われ～～～）
居眠りをする先生に呪いの念を送る。
一刻も早くこの場から消えてなくなりたかった。

自分の押さえ切れない衝動が恐くなり始めていたから。
今、我を忘れて立ち上がり、とんでもないことを言おうとしていた。
呪い念が目に籠もり、教卓でスカースカー寝ている先生が武者震いで目を覚ました。

先生の号令とチャイムの音色でクラウチングスタートを決めて、飛び出した教室。
何か嫌。
こんな自分が怖いよ。
王子のペースに巻き込まれて自分が自分じゃなくなっちゃうみたいで…。
同じ色のタイルの上、足早に駆け出すとグイッと腕を掴まれた。
前に進む力と後ろに引っ張る力がイコールでつり合って、あたしは動けなくなった。
「…何…」
その力の主は王子。
「ちょっと来て」
いつもなら「来い」なのに「来て」というところが、使い分けている証拠。
あたしに向けている笑顔も、他の子に向けている笑顔と変わらない証拠。
あたし、心が汚くなっちゃったみたい。

他の子と一緒、なんて
なんだか、嫌…
繋いだままの手を引かれて、その手のひらの冷たさを感じて、あたしは王子の後に続いた。
沢山の人が羨望の眼差しであたしを見ている。
すぐ鳴り出す、素直なまでに早熟なあたしの鼓動。
トクン、トクンと波を打って、さっきまで腹を立てていたはずなのに、今はこの手のひらを離してしまいたくないと思っている。
手を繋いでいるときの王子はあたしだけのもの…なんて、こんな感情を持ち合わせて、持て余している。
伝えられないけど、伝えたい。
伝えたいけど、伝えられない。
昨日から、あたし、なんだか変。
素直になりたいのになれなくて、いきなり怒りっぽくなったり、悲しくなったり、こうやって胸がときめいたりするんだ。
そんなことを考えていると、人込みの多かった廊下を抜け、風が通り抜ける渡り廊下へと辿り着いた。
目の前には、聖堂。
大きな金色に輝く時計が、9時40分を示している。
聖堂の先には、青い空が広がっていた。
「さっきはどうした？」
手すりに軽く背をつけて、聖堂をバックに王子が言葉を漏

らす。
「どうした、って?」
離された手から、消える王子の余韻。
王子にばれないように、あたしは後ろに手を回し、余韻を離すまいと宙を摑んだ。
渡り廊下の桟に逆肘を付き、王子は視線を落とす。
顔は横を向いたまま、あたしに綺麗な横顔を見せて王子が言葉を続けた。
「…何言おうとしてた?」
そういうとあたしの方へ顔を上げる。
(何って…)
恥ずかしいくらい浅はかなあたしの感情。
たとえ表笑顔でも他の子に向けているのが嫌だった…なんて、死んでも言えない。
「…別に。何も」
あたしは自分の腕を摑んで、王子から目を逸らした。
ぐぃっと腕を摑まれて、両肩に置かれる王子の腕。
頭を引き寄せられて、近距離に構える。
「ちょっっ」
あたしは人目が気になって、避けようと身をよじった。
「言えよ」
その強い瞳があたしを吸い込んでいく。
廊下を歩く人達が好奇の目を向けている。
ラブシーンは記事にもなってるし、みんなもそんなに大げ

さには騒ぎ立てないだろう。
それに今もどこかで新聞部がレンズを向けているかもしれない。
(…どうして、こんなに目立つところで、こんなことするの…？)
あたしは額に汗が滲む。
瞳は涙で滲んでいた。
(…恥ずかしい…よぉ…)
あたしは近くにある王子の顔を避け、下を向いた。
「…おま「こら～もう時間ですよ～」」
王子が何か言いかけた瞬間、別館から先生が歩いてきて教室へ帰るように促された。
邪魔をされて一瞬表情が固まったが、王子が優等生らしく微笑んで先生の言いつけに従う。
火照る顔。
なんだか上手に呼吸が出来ない。
もちろん自分は女の子だけど、こんなに乙女チックに涙が滲んでみたり、呼吸が上がったり、今までのあたしなら有り得なかった。
(王子、何言いかけたんだろう…)
先生の後ろを歩く王子の後ろから、あたしはノロノロとついていく。
揚々と歩いていた先生が、テスト入りの封筒をボトッと廊下に落とした。

「あらあら」と拾い上げる。
(…中身が見たかった…)
切にそう願って、ふと目にとまった封筒の名前。
『私立乙女川高等学校　〒・・・』
…乙女川…
なんとなく閃いた。
(この学園に通うとみんな乙女になっちゃうの…？)
なんて安易な考えを。

全敗で終わったテスト。
教わったところは全部出たし書けたけど、何度数えても多すぎる空欄の数。
王子がかけてくれたヤマ以外は、自分の頭の悪さに涙が出る。
(分かってたけど追試決定…。今度の土日も休みは消えた…)
4時間目の準備をしながら、ある視線に気付く。
それは隣の住人。
視線だけで何も言葉を発しないから、あたしも数秒目を合わせて視線を戻す。
「…」
痛くなった視線。
「何？」

不機嫌そうにそう訊ねると、
「それ」
と、隣の住人は視線でそれを差す。
見つめられた足元を体を曲げて勢いよく見てみると、落ちている紙。
大きな問題2つくらいしか書かれていないほぼ白紙の用紙。
（Σ！！！）
あたしの理科の解答用紙‼
「な、なんでこんなとこに⁉」
さっき渡した紙は何⁉
慌てて探すと問題用紙が見当たらない！
もしかして、あたし
問題用紙出しちゃった…⁉
「…さっき消しゴム拾った時に落としてた」
隣の住人はそういうと、ふんっと鼻で笑った。
（そん時に教えなさいよ〜〜‼怒）
あたしはそれを拾って、先生を追いかけて教室から走り出た。
全力で走ってやっと先生に追いつく。
「っ…先生っこれ」
べろんと首を垂らした白い解答用紙を受け取って先生が微笑んだ。
「村岡、日曜日頑張ろうな‼」
にかっと、少し歯並びの悪い笑顔を見せて、先生が声高々

に言った。
(…やっぱり、補習＆追試決定なんだ…)
トボトボと教室に帰り、テストが終わった開放感に溢れるクラスメートを横目で見て、あたしは「はぁ」とため息をついた。
王子になんて言おう…
赤点取ったらマズイことになるって言ってなかったっけ…
青空を流れる雲に視線を委ねて、あたしは意識を飛ばした。

あっという間に採点された答案（しかもネックな数学）が返却されて気分沈降。
赤いペンで「5」って書かれている。
(…5…？)
「村岡〜採点のしがいがあったぞ〜」
割れたあごに光る青い髭、ねっとりとした嫌味な笑顔。いやらしい視線が胸元に伸びてくる。
ゾクッ
あたしは答案の点数と一緒に、無意識のうちに胸を隠した。
(5点って…)
ショックどころか笑いがこみ上げてきて、泣き笑い。
壊れた人形のようにケタケタと虚しく震えていると、こしょこしょと声が聞こえた。
「すご〜いっ‼克穂くん！さすがトップだよね〜」

王子が興味なさげに受け取った答案がちらっと見えてありえない桁の点数が記されていた。
(マジすか…)
女子の囁き声にまた一段と首が垂れる。
「はぁ…」
ふと隣を見ると、隠しもせずに堂々と9と書いてある。
(9⁉)
ぶふぅっと吹き出して、はっと口をつぐむ。
「見てんなよ、5点女」
ぶつくさな隣の住人はエスパー、透視能力を持っていたらしい！
ギラギラと睨みあって、幾分かが過ぎ、お互い力が抜けてふっと笑った。
「アイツの彼女も大変だね」
9点男はふぁっと大口でした欠伸を、頬杖に隠して眠たそうな目をこすって言う。
急に言われたその言葉にあたしは驚いて彼を見た。
「…なんで目、引きつらしてんの？」
こんな時でさえ、怒ってるの？
あたしはつりあがった目をマジマジと見つめた。
「…俺、つり目なの」
ぶつくさくんは、またぶつくさと口を尖らせた。
そう言ってぷいっと顔を背ける。
　(態度ワル〜〜〜〜‼) ←明らかにあたしのデリカシー不足。

ちょっと親近感が持てそうな隣の住人との距離は、なかなか縮まりそうにはなかった。

カタン
赤点、追試対象者は集められて遅くなった帰宅時刻。
今日は数学しか返ってこなかったけど、理科（化学）もヤバイことになっているのは察しがつく。
鍵を開けてからポストを覗くと1通の手紙。
白い上品な厚い封筒に「To　Katsuho」と筆記体で書かれている。
（…イラッ）
あたしはまぶたを引き上げ、ぐんっと裏表紙を見る。
差出人の名前はなくて、金色の薔薇のシールが貼られていた。
（…何これ）
少し重い封筒を持って寮部屋に入った。
真っ直ぐ伸びる廊下を歩いて、あたしはリビングに向かう。
それまでにある2つの扉。
右側があたし、左側が王子の部屋。
普段の王子はソファーに座ってテレビを見ているのに、今日はその姿がない。
鞄をソファーに置いて、そろりと王子の部屋に向かう。
靴はあったから、帰ってきてはいるはず。
トントン

「克穂くん…?」
「…どーぞ?」
王子の返事を待ってあたしは部屋に入った。
ペラ
あたしが部屋に入ってきても動きを変化させることはなく、王子は椅子に座って本を読んでいる。
頬杖で半分隠れつつも、凛とした横顔は息を呑むほど綺麗で、何のために部屋を訪れたのかを忘れてしまいそうだった。
立ちすくむあたしに、王子はチラッと視線を投げかけて表情は崩さず、言葉を掛ける。
「なに?」
「ッあ、これ」
あたしはハッとして、さっき手に入れた封筒を渡す。
王子は顔色を変えずにそれを受け取って、ピリッと封を切った。
「…なに?」
動かないあたしに、また冷たく言葉を投げる。
「いや…えっと…」
『綺麗な封筒だね』『それ、何?』『誰から?』
全てを呑み込んで、フルフルと首を振った。
(だからあたし、何かおかしいよ‼)
自分自身にカツを入れて、廊下に続くドアに向き直る。
(あ……これも封を切った…)

ズキン
(今までの手紙全部開けられてないのに…)
こういう時に限って、記憶力のない頭が記憶を働かす。
…聞きたい…
…聞けない。
…どうしよう…

悶々と茶色いドアと見つめ合う。
(も、もし…。い、いやいや…)
思い浮かぶのは、なぜかボンキュッボンのセレブチックな大人の女性。
色気満点のシックなランジェリーから見える、標高5センチ越えの谷間。
『素敵だったわ…』
『カチ（王子がライターで火をつけた音。しかもそのセレブの煙草へ）』
『ここに連絡を頂けたらいつでも＋゜（王子スマイル）』
『チュ』
「あっあのさっ」
自分の妄想がピークに達し、あたしは思い切って振り返った。
ドン
前と一緒。
便箋を右手に、あたしをドアに押し当て、王子の腕がドア

に伸びている。
前と違うのは、ニヤリとも笑ってないこの顔。
つんと冷たい王子の表情を見上げると、イジワルというよりも怒っているようで恐い。
「千亜稀に聞きたいことがあんだけど…」
表情は崩さず、口だけを動かす王子。
吸い込まれるような綺麗で冷たい瞳が、少し怒りを帯びているように見えた。
つんと冷たい瞳があたしを見下ろすから、あたしは逃げ腰で壁に引っ付く。
「な、何…？」
「千亜稀ってさ…」
…ゴクッ
変な間を使うせいで、ドンドンと心臓が高鳴ってきた。
何を聞かれるの？
あたし、何か悪いことしたっけ…？？
グルグルと回る目の中で、フル回転に頭を働かせる。
「スリーサイズ、何？」
…………???
「す、スリ⁉」
あまりに予想外な発言にあたしは、脱力感に襲われる。
「…胸は…65のBくらいだよな？ウエストは？」
じっと体を見るから、見透かされてるようで、あたしはまた無意識に胸を隠す。

(き、昨日見られてるんだけど何だか恥ずかしい〜〜〜‼)
いきなりスリーサイズなんて、意味が分からない。
目が怒って見えたのは何で⁈
「な、何でそんな事をッ⁉」
あたしは上がった呼吸を鳴らして、ぜぇぜぇと聞きなおす。
「いいから教えろ」
(お、教えろ⁉)
やっぱり上目線の偉そうな態度。
あたしの腰に、腕をぐいっと回して体ごと自分に引き寄せる。
「言わないなら、俺が調べてもいいけど？もちろん俺の手で」
なんて、きれいな手をあたしに見せて、王子がまたエロ顔になっている‼
(どうやって測る気だッ‼)
ヤラしい想像が働いてあたしは、ぽぽぽっと顔を染める。
「ちーちゃん、エロい」
ぺろっと舌が耳に入り込んだ。
「ッヒ‼」
もちろんぴょんっと体が浮く。
「え、エロいのはどっちよ⁉」
耳を押さえて、強気で返すと、
「あ？俺だけど？」
なんて開き直ってる！
ガクッ

そう言われると何も言えなくなって言葉が失くなる。
そして、なぜか負けた気分になってしまう。
(コイツ相当性格悪い…)
「！」
唇が王子に塞がれる。
熱いキス。
冷たい唇。
「〜〜〜ッ」
この温度差があたしを夢中にさせる。
見つめる綺麗な瞳が、優しく光る。
(さっきまで無表情だったのに…)
とろんと、流されてしまう甘い空気。
王子があたしをお姫様抱っこでベッドまで運んだ。
「っと」
あたしをゆっくりとベッドに下ろし、優しくキスをする。
四つん這いになって、あたしを見下ろすけど、そうやってあたしを見つめるだけ。
じっ、と視線に犯される。
見つめられるだけで、体が熱くなる。
この王子の瞳、本当にすごい重力を持っていると思う。
愛しくて、抱きしめて欲しくて、くっつきたくてたまらなくなる。
昨日のこと、王子の鍛えられた硬めの体と、あたしを見つめる熱い瞳。

優しくて大きな手が、気遣ってあたしに触れる度に、あたしは何回も吐息を洩らした。
トクン…トクン…
「…明日、夕方空けとけよ」
コツンと額を合わせて、髪を撫でる。
「返事は？」
近くにある王子の瞳を見上げて、あたしは小刻みに頷いた。
チュ
んっ、と瞳をきつくつぶると、王子が体を離した。
王子が椅子に座ろうとしていたので、あたしはゆっくりと体を起こした。
（…抱きしめてくれるかと思ったのに…）
「おやすみ」
あたしが王子に近づこうと、後ろを通ると王子がそう言った。
今までなら「一緒寝る？ｗ」とかイジワル言ってきてたのに、今日は振り返ることもなくその言葉だけ。
「…おやすみ」
寝る予定ではなかったがあたしはそう呟いた。
もう今夜は部屋から出てこないってことなのかな？
…リビングにも来ないってこと？
そういうことも聞けないまま、あたしはゆっくりと王子の部屋を出た。

イライラする学校生活。
王子は、みんなの前ではいつもにこやかに笑っている。
茶色い髪も、綺麗な肌も、上品で優雅な動きも、身の回りも、作られているようで"生身"っぽくない。
"本当"の王子を知っているあたしは、そんな"偽物"の王子を見ると少し胸が苦しくなる。
そういう自分を見せてチヤホヤされて、王子はそれでいいのかな？
きっと感じていた疑問点。
偽の顔を見せ続けて、王子は苦しくないの…？
あたしがなかなか近づかないことをいい事に、今では他のクラスの子もベタベタと王子にくっついてきている。
「千亜稀ちゃん、歯並び悪くなりますわよ？」
ギリギリ歯軋りをしているあたしに、マミヤちゃんが呆れていった。
「そんなに気になるんでしたら、一言言ってしまえばいいですのに」
ふぅっと、ため息をつく。
(それが言えてたら今頃歯なんて軋ってないから‼)
「マミヤちゃんこそ、充くんに近づく女の子に強く言ってやればいいじゃない。『あたしの充に手ぇ出すな！』って」
ニヤリと横目でそう言うと、マミヤちゃんがギュッとあたしの両手を束ねた。

「ねっねっ、千亜稀ちゃんっ‼」
大きな瞳をキラキラ（ギラギラ？）と光らせて、机越しにあたしに近づく。
唇恐怖症のあたしは、たとえ相手が女の子でも少し気が引けた。
「白と黒、もしくは赤！どれがいいと思います??‼」
ねっねっと、顔を近づける。
マミヤちゃんは、どう見ても派手なタイプ。
髪型も顔もとても濃いキャラなので、色も派手だとゴテゴテしく感じる。気がする。
「…し、白？」
身を引きながら、手は掴まれたままそう答えた。
「ですよね‼」
ほうっと、夢見るため息を洩らしてパッと手を離した。
（なに？ι）
「ではっあたくし、ちょっと急いでおりますので」
そそそっと身を翻し、気持ち高々、意気揚々、緩やかにステップを踏みながら、マミヤちゃんは「おほほほほ〜〜」っと教室から消えていった。
（…ヤキモチ妬きすぎておかしくなったか？）
あたしは、半笑いで息をついて動いた机を元に戻した。
机を整えて、次の授業の準備をする。
次は6時間目…化学。
いつもは理科室であるのに、今日は教室であるという。

…ということは、テストが返ってくる。
国語は67点。
世界史は55点。
英語は…42点。
…数学は…ピー点だった。
今のところ追試はどうにか数学だけ。
まぁ、化学も赤点だろうな…
がっくりと肩を落とすと、目の前に制服が見えた。
「今日、一緒に帰ろう」
王子が、優しく微笑む。
「はぁ…?」
そんな王子に驚いて、あたしは口をだらしなく開けたまま頷いた。
だって、こんな事初めてだったから。
それを確認するとにこやかな表情は崩さず、王子は席に戻っていく。
その一部始終を見て、周りの女の子達は悔しそうにあたしを見つめる。
(Σ!!)
あたしはその視線達から逃れようと、パッと視線を机の上に戻した。
…。
…でも、
ちょっと嬉しかったりして…

なんて浮いた気持ちもつかの間、落とす限り落としてくれるテストの結果。
「…にじゅ…」
赤ペンで「23‼」と書かれている。
「平均は〜」
平均の2分の1以下が追試対象者。
鼻の山からずり落ちている眼鏡はそのまま、化学教師が平均を告げる。
「40…」
(来い来い来い‼5以下‼)
麻雀とかで言いそうなセリフを心の中で唱えて、あたしはふるふると祈禱をする。
「…8‼
24点以下は追試〜」
(うそぉ‼平均48とか、みんな有り得ん…。平均上げてるの絶対アイツ‼)
あたしはぐすっと鼻を動かして王子を見る。
王子は教科書を机の右上に重ねて、机の上で優しく指を組んでいる。
トントン
後ろの女の子に背中をノックされて、王子はゆっくり振り返った。
先生が説明しているのに、その子はくねくねと上目遣いで王子から教わっている。

…グッ
「…おい」
その低い声にあたしは、逆サイドを振り向いた。
「飛ばすな」
ピンッと飛んできた芯を下敷きで弾いて、隣の無愛想くんが見下すように言った。
「…ヤキモチ妬きの束縛女…
あ。その前に赤点女」
ぼそっと口元でそう呟いた。
普通の人だったら絶対聞き逃してしまうだろうけど、あたしにはちゃんと聞こえた！
怒りで目を大きく見開いて隣の失礼男を見ると、それに気付いたようでチラッと視線をこちらへ向ける。
「…思ってること全部顔に出てるよｗプッ」
その男は軽くグーを作って、馬鹿にした笑いを漏らした。
（むっかぁ!!!）
あたしの怒りは急上昇。
「ああんたに言われたくないわよっ‼数学９点だったくせにっ‼」
「それでも勝ってるし」
「グッ」
やりこめられて、あたしは湯気を出しながら怒りを持て余した。
「そこの二人～、訂正が多くて話をしてる暇はないと思う

が〜?」
先生があたし達の私語に気付いて注意をした。
『二人?』
パッと失礼男の答案を見ると、堂々と置かれた用紙の右上に「13点」と書かれている。
「ぶっふぅ〜〜‼」
13って! 13って‼
あたしと10点違うしッ‼
あたしは「うひゃひゃー」と涙を流す。
少し優越感に浸って、先生の言葉を逃すまいとカツカツ音を立てて訂正をした。
クラスで必死に訂正してるのは、ちらほら。
ふと気付いて王子を見ると呆れ顔であたしを見ている。
(顔、顔っ!)
(はいはい)
ただそれだけのアイコンタクトを交わしただけで、少し幸せになれるあたしって、きっといい性格していると思う。
(笑)

やっと化学から解放され、マミヤちゃんと一緒にトイレへ連れション。
ジャー…
濡れた手で髪を整え、マミヤちゃんが隣に立つのを待った。

ジャー…
念入りに手を洗いながら、マミヤちゃんは鏡越しにあたしを見つめる。
「な、何？」
さっきまでルンルンで目を輝かせていたのに、今はジトッと重い視線を投げかけていた。
「…浮気は許しませんわよ」
「へっ⁉」
(浮気???)
「麻生さんとずいぶん仲がよろしいようで」
マミヤちゃんは大きな目を流し目にして、レースのはんかちで手を拭き拭きあたしに言う。
麻生？
誰？
きょとんとしているとマミヤちゃんが続けて言葉を並べた。
「克穂様が見ていらしたわ」
へ???
トイレから出つつ、あたしはマミヤちゃんに顔を突き出す。
「どういう…？」
トイレから出ると廊下を挟んだ向こう側に王子が立っていた。
「ちょっといいかな？」
にこやかにマミヤちゃんに手招きをして、あたしからマミヤちゃんを引き離す。

あたしはポカンと二人を見つめた。
二人は廊下の片隅であたしに聞こえないように話をしている。
あたしは、トイレの前にあるベンチに座って足をブラブラ、二人を見つめた。
スラッと背の高い王子顔の王子と、キラキラ大きな瞳をくるっくるの縦巻髪に添えているマミヤちゃん。
ピシッと締めたネクタイに、ちょうどいいズボンの穿き方の王子。
悔しいけど、やっぱり脚が長い…。
マミヤちゃんは、白いブラウスに大きな赤いリボンを首元に置いて、ブラウスをスカートに入れているからウエストがよく分かる。
傍から見るとナイスカッポー。
王子と王女。
…そのバランスが羨ましい。
あたしは意識を飛ばし、ぼぉっと視点を定めていると、目の前に影が出来た。
「…邪魔」
ただいまのところ、ムカつき度ナンバー１、隣の住人‼
あたしはベンチに座っていただけなのに邪魔と言われた。
隣の住人はあたしの見ていた方を見て、またあの憎たらしい顔。
「…ヤキモチ妬きのストーカー女」

(ΣガッⅢ)
ほくそ笑んでトイレへと消えていった。
(ムカつく！ムカつく‼)
ギリギリギリ…
ホテルの内装のようなトイレを見て、あたしはギリギリと歯を鳴らす。
(赤点男のくせにぃ‼)
立ち上がってその男を「いーー‼」っと威嚇した。
ガシッ
その瞬間、摑まれた頭頂部。
くるりと回れ右をさせられた。
「それって誘ってるの？」
裏顔王子見参。
「…え゛？」
(誘う…？)
じっと見下ろす、またあの少し怒った瞳。
それでも透き通ってて綺麗…
見つめられると、ちゃんと考えられなくなる。
さっきのマミヤちゃんの言葉。
それに王子も…。
浮気とか誘うとか…
…いったいどういうこと？
裏顔の王子の背の後ろ、マミヤちゃんが近くにいないかと、あたしはヒヤヒヤ顔を向ける。

そこにはマミヤちゃんの姿はなく、誰もいない廊下にあたしは違和感を感じた。
王子が考え眼(まなこ)のあたしの手を引いて、強引に抱き寄せた。
あたしは王子の胸に顔をぶつけた。
「…つーか計算？」
引かれた右手は王子の背中に回されて、あたしの両脇から王子の手が回る。
あたしはギュッと抱きしめられた。
密着度の高いこの姿勢にあたしは胸がバクバクと鳴った。
(計算⁉)
目は渦巻き。
意味の分からない王子の奇怪な行動と、この体勢。
最近、どうしたの⁉
校内でのラブシーンが多すぎではないか⁉
王子から香る優しくて透き通った香り。
(…この香り、好きかも)
この腕の中にいると、何も考えられなくなる。
硬い体と、細いと見えて大きな背中。
あたしはドキドキと目をつぶり、王子の鼓動を感じた。
緩やかに流れる王子のリズム。
腕の中、幸せ。

マミヤちゃんみたいに似合う背丈や風貌じゃなくても、この胸の中はあたしの特権。

あたしも王子にぎゅっと抱きついた。
「…あ」
小さく落とす王子の声にハッとして、あたしは王子を見上げた。
王子は瞳だけで上を向いていたので、くるんと長いまつげが下からよく見える。
答えていない質問に王子が痺れを切らしたのか、あたしは腕を引っ張られて廊下を歩く。
歩幅の違いで、あたしは転びそうになった。
(もう少しあのままでいたかったのに…な)
王子の香りを思い出して、あたしは王子に従った。
廊下を歩き、教室の机の横にかけられた鞄を摑んで、王子は足早に進む。
摑まれた腕は、ずっとそのまま。
王子の熱さを感じる。
…トクン…トクン…
ただそれだけでも高鳴る鼓動。
「ねぇちょっと！どうしたの!?」
しつこく聞いても答えてくれない王子。
あたしが答えなかったから王子も答えないの？
そういうところ、本当に子どもなんだからッ
プンプンと頬を膨らませつつ、あたしは王子に連れられて校門を出た。
廊下を歩き、校庭を歩き、校門を出ると、待っていた真っ

白なリムジン。
「お帰りなさいませ」
黒い正装の執事がドアを開けて待っていた。
バタン
ブー…
初めて乗った広い空間に、王子と二人きり。
目の前で頬杖をつき、景色を眺める王子の横顔は凛としていて、とても綺麗だった。

「でっ………かぁぃ‼」
ぐるっと仰け反ってやっと見える大きなお屋敷。
洋風のレトロな建物。
きっと寮を造った建設会社と一緒だろう。
大きな門をくぐって見た風景は、シンメトリーの敷地。
(ここがお家⁉)
後に降りた王子が隣に来るまで、あたしはこの屋敷を見つめた。
「飯田さん、千亜稀を案内して」
王子は執事にそう言いつけて、さっさと屋敷の中に入って行った。
「かしこまりました」
王子は大きな扉を開けて中に入ったらしい。
そこにはもういない。

それでも深すぎる一礼をしている飯田さんが、パチンと指パチをした。
その音を合図に、黒い大柄の男達があたしを囲んだ。
「えっ⁉何⁉」
左右を見て慌てて言う。
その言葉も虚しく、両腕をガシッと掴まれ、左向け左。
「何ですか⁈」
「どこ連れて行く気ですか⁉」
「ちょっとこらぁ‼!」
「どこ触ってんのよ‼」
「この変態ッッ」
「アホアホアホ〜〜〜‼!」
「いやぁ助けてぇぇぇぇぇ」
宙に浮いた体をばたつかせ、どんな大声で叫んでも喚いても男達はビクともしない。
ボディーガード風のサングラスをかけた色黒の男達。
もちろんスーツの上からも分かるマッチョ体型。
どんなに蹴りを入れようと、下ろしてくれる気配はない。
大きなお屋敷を右手に見て、2階建ての尖り屋根の離れに連行された。
「王子のクソヤロ〜〜〜‼!」

トゥトゥン
タラララ〜ン
ララ〜
「ご機嫌麗しいようで」
「本日はお越しいただき光栄です」
緩やかに流れる音楽と、周囲の人達の身なり。
ドレスにタキシード。
キラキラと輝かせて、立食パーティーが催されている。
高いヒールに、今まで着たことのない大きく胸の開いたドレス。
あたしは似合わないって叫んだけど、声が嗄(か)れただけで抵抗は無意味。
パットとコルセットをはめられ、出来た胸とくびれ。
真っ紅なドレス。
裾を踏んで転ぶのがオチ。
絶対王子はそれを狙ってる。
あたしはグラグラと揺れながら、オロオロと大きな螺旋(らせん)階段を降りた。
慎重に一歩一歩階段を降りていくと、ざわっと空気が揺れたのが分かった。
えっ
えっ!?
あたしはきょろきょろと辺りを見回す。
(やっぱり似合ってない〜!?)

綺麗な貴婦人、恰幅の良さそうなオジサマ、いかにもお金持ちっぽい若者達があたしを見つめる。
ガクッ
(わっ‼)
高いヒールにバランスを崩して、手摺りにつかまると、広いフロアからクスクスと笑い声が漏れた。
あたしは顔が紅潮する。
ゆっくりと、でも気持ちはそそくさと階段を降りて、アポなし・予告なしでこんな事に誘った王子を探す。
みんなの動きは優雅で、一人落ち着きのないあたし。
フロアに響く音楽と優しい談笑の中、王子を探した。

(あ、おいしそ〜)
テーブルに並ぶディナーに目を奪われる。
これ、肉のどの部分なんだろう…
じっとりと肉汁を溢れさせて、焼き加減が絶妙。
並ぶカルパッチョらしきものも、食べて食べてとあたしを見つめている。
手作りっぽい焼きたてのパンがいい香り。
(ひ、一口だけ…)
隣では、贅沢三昧の食生活を送ってきたと思われるオジサマがひょろ長いオジサマと楽しくおしゃべりをしていた。
左手には皿を持って、もぐもぐと口を動かしている。
食欲には勝てない、王子への怒り。

あたしはナプキンの上に準備してあったフォークを手に取り「いただきや～す」っと両手高々、感謝を込めた。
スン
素直に刺さる具合がなんともいえない。
一番おいしそうな部分を選んで、口に運んだ。
「千亜稀ちゃん」
頬張る寸前、寸止めでお預け。
その声に振り向くとマミヤちゃんが立っていた。
真っ白なドレス。
ラメをちりばめているので、白は白でもやっぱり派手だった。
隣には、何を着ても爽やかな、タキシード姿の好青年、充くん。
どこかのダンスパーティーにでも行くの？というくらいお似合い。
王子ともお似合い。
充くんともお似合い。
マミヤちゃんてば、羨ましい。
「やっぱり紅（あか）がお似合いですわ」
（…？）
「千亜稀ちゃん、すご～く可愛いです！」
褒められると悪い気はしない。
「そうかなぁ～」と、後ろ頭をポリポリかいて充くんを見ると、充くんも笑顔で頷いてくれた。
「マミヤ、すんげー悩んでコレに決めたよ。1週間くら

い悩んでたんじゃねぇ？毎年毎年、ガキの頃から服装にはうるさいもんな」
嫌味たらしく笑う。
(え？二人ってどういう関係…？)
顔に出やすいのか、マミヤちゃんがひそひそと教えてくれた。
「幼馴染(なじみ)って言ってませんでした？」
言ってない、聞いてない‼
幼馴染の恋愛だったのか…
充くんの隣で顔を染めたり、はにかんだり、嬉しそうに笑うマミヤちゃんは、普段見せる大人びた印象よりもずっとずっと可愛かった。
「マミヤ、充。こちらへおいで」
「あ、はい。今参りますわ」
「じゃぁ、克穂と楽しんでw」
ゆったりと顎髭を蓄えた優しそうな老人がマミヤちゃんを手招きして、それに連れられ二人は会場の中心へ消えていった。
あたしは、肉を頬張ろうといよいよテーブルに向き直す。
パク
(おいし〜〜〜いッ)
涙を溜めてもぐもぐと口を動かしていると、アップにまとめた首筋を下から上になぞられた。
「⁉⁉」

ゾクゾクゾクと、あたしは持っていたフォークを落としそうになる。
振り向くと…
「…な!」
正装時には白がお決まりなのか、白のタキシードを身に纏っている王子。
上品にセットされている柔らかな茶色の髪が、ますますその姿を際立てていた。
…カッコよすぎだって…
表面上はにこやかに笑う整った笑顔。
周りの"女性"という性別の人達は王子に熱い視線を向けていた。
「…似合うじゃん」
あたしの姿を見て、「へぇ」と感心して言う。
「紅にして良かったな」
「いっふぁいなひがふぁってあふぁひをよんふぁのほ‼」(一体何があってあたしを呼んだのよ‼)
ふがふがと口に含ませながら必死に伝える。
肉汁が飛び散りそうになって、王子はナプキンをフッと広げて汚れるのを防いだ。
「いっつもそうッ…」
飲み込んで目をつぶって指を振り振りそう言おうとすると、王子がナプキンであたしの口元をなぞった。
「!」

「…せっかくの綺麗な顔が台無しですよ」
くすりと上品に笑う。
「紅色が千亜稀さんの白い肌をますます綺麗に見せてくれていますね」
にっこりと笑ってそんなことを言う。
建前やお世辞だと理解してる。
周りに並ぶお偉い方に、自分の評価を上げるための発言だって分かってる。
…だけど
黙ってしまうのは、女の性(さが)。
褒められたら誰だって嬉しいじゃない…？
「ほ、ほんと？」
いじいじと上目遣いで聞いてしまう。
そんなあたしを見て、王子が優しく近づいた。
「…このまま連れて帰りたいよ」
う
そ
甘い言葉。
「誰にも見せたくないね」
耳元で感じる王子の甘い囁き。
キラキラ輝く、慣れない豪華なパーティー。
ドレスにピンヒール。
髪はアップに飾られて、目の前には王子様。
おとぎの世界に迷い込んだような感覚であたしはメロメロ

に酔ってしまった。
「克穂、そちらの方が？」
王子との距離が異様に近いあたしに、一人の女性が近づいてきた。
ゆったりとウェーブのかかった茶色の髪を胸の位置までなびかせて、耳には白いパールが光っている。
にこやかな顔はどこかで見たことがあった。
年にしてはとても落ち着いた色のストレートタイプのドレスを着て、ショールを軽くかけている。
誰かに似てる…ッあ！
「母さん、こちらは同室の村岡千亜稀さんです」
(やっぱり！咲人くんに似てると思った〜！
って
お母様ッ‼)
「は、はじめましてっ」
びっくりしてあたしは勢いよく礼をすると、テーブルにお尻がぶつかった。
後ろに立っていた人がちらりと嫌そうな顔を向けた。
クスクス
笑うと目尻に笑いジワが出来る。
そんなところも咲人くんにそっくり。
「可愛らしい元気なお嬢さんですね」
声もほわほわと優しい！
すごく綺麗で優しそうで…

守ってあげたくなるような上品な仕草。
こんなお母さんがいて、どうしてこんな男が育ったんだろう…
とあたしは冷ややかな目で王子をチラ見した。
「克穂はどうですか？いじめられたりしてません？」
お母様がにこやかに笑う。
「え、いえ…」
（え、お母様知ってるの…？）
「克穂ったら昔から好きな子には…」
（え!?）
「母さんぃ」
お母様の口元に手を添えて、微かに焦りを見せている。
（き・聞きたぁいっっ）
あたしはパクパクと口を開いた。
「いいじゃないの～」
そう笑うお母様は、無邪気でとても若々しく感じられた。
「そうそう。お客様があちらでお待ちしているわ」
男は邪魔よ、というように王子を押しのけてお母様はあたしの隣に近づいてきた。
王子は指差された方へしぶしぶ歩いていった。
お母様と残されて二人きり。
ドキドキと緊張するけれど、お母様の雰囲気は穏やかで心地よい。
「千亜稀さん、紅がよく似合うわ。克穂が紅がいいって一

押しでしたから」
え…
そうなの…?
「サイズもぴったりですわね」
うふふと口元に手を添えて微笑む。
もしかしてあの夜に…
サイズを聞いてきたのはこれのため⁉
結局教えなかったのに(自分でも知らないし)ぴったりのドレス。
つやつやと光沢のある、ボリュームありのお姫様ドレスに手を差し伸べた。
「克穂をこれからもよろしくね」
パチッとウインクをして、お母様は呼ばれた声の方へ歩いていった。
あ…聞けばよかった
今日は何のパーティーなのか…
連れられて来たのはいいけど、心の準備も何もなくて挨拶の一つもまともにできていない。
笑顔で話してくれたけど、呆れてなかったかな?
視点は定めず、あたしは辺りを呆然と眺めた。
『克穂が紅がいいって一押しでしたから』
お母様の言葉がグルグルと頭の中で回っている。
嬉しかった。
このドレス、王子があたしのために選んでくれてたんだ。

強引に連れていかれて、強引に着替えさせられて、一人送り出されてどうしていいか分からなかったけど、今となってはそれもまた、愛しい行為に思えていた。
思い出しては頬を染めながら、天井を見上げる。
「あの…」
その声に弛ませていた頬を引き締め、あたしは我に返った。
アップにした髪からクルクルと後れ毛を転がせて、薄いピンク色のドレスを着ている一重まぶたの女の人。
見たことがあった。
同じ学年であるのは確か。
「は、はい…?」
ゆっくりと答えるとその人が言葉を続けた。
「克穂さんのことでお尋ねしたい事があるんです…」
"さん"というところが"様"から"くん"への移行期間中と見える。
チークとはまた別に、頬をピンクに染めて、程よいグロスがシャンデリアの光を反射させた。
なんのことだろ…
「?…「克穂さんの香水は何て言うものですか」」
ハテナ顔のあたしに、被せて質問を投げてきた。
(こ、香水⁈)
「彼女にこんな事を聞くなんて、間違ってるとは分かってるんです…でもどうしても知りたくて…」
ウルウルと瞳をなじませる。

「え、えと…」
え、
えと…?
あたしは頭の上にあるシャンデリアを目だけで見つめて頭の中を探索した。
…香水…
は……
……え…っと…
…………
「ご、ごめんなさい…あの」
恥ずかしいけれど、あたしは知らなかった。
「いえっ、いいんです。こんなこと聞くほうがおかしいですよねっ」
教えたくないと受け取ったらしく、気にしないでくださいっごめんなさいっ、と彼女は顔を押さえて消えていった。
あたしは放心状態でその背中を見つめた。
呆然としているとまた声をかけられた。
「彼女ちゃん！ちょっと聞いていい？」
「？！」
軽いノリに驚いてあたしはテーブルの前でくるくる回る。
「え？」
「克穂くんの服ってどこのブランド？」
にっこりと聞いてくる黄色系の茶髪で、チリチリ気味のパーマをかけた男の人。

「ヘッッ？」
もう一度聞き直す。
ブランド…？
王子の服？今日の服？普段の服？
「ちょっと知りたくてさ」
なっ、と笑いかけられる。
えっ…と…
えと…
さっきと一緒。
どんなに考えたって、知らないから答えが出ない。
あたしは俯いた。
あたし、何にも知らない。
王子のこと…
言われてみれば、あたし王子の何を知ってる？
誕生日は？
血液型は？
今まで何をしてきて、何が得意で…
前言ってた稽古って、何？
何が好きで
何が嫌いで
何も聞かされていない。
何も聞いていない。
何も知らない。
あたしって…

シュン…と肩が下がる。
テンションの浮き沈みが体に影響してしまう。
「千亜稀ちゃん！克穂様にお料理持って行きません？」
いつの間にか目の前にいた男の人は消え去っていて、マミヤちゃんがあたしに真っ白な皿を差し出した。
「あたくしも充にお料理持って行きますわ」
にっこりと微笑んで、普段より一層伸びた長いまつげをあたしに見せた。
マミヤちゃんはテーブルに並んだ沢山の中から、ひょいひょいと選んでお皿に取っている。
あたしは…
王子の好きな食べ物…？
何を知ってる…？
あたし…何を…
呆然と料理を見つめた。
マミヤちゃんの手元には料理が載せられたお皿、あたしの手元には何も載ってない真っ白なお皿。
「千亜稀ちゃん…？克穂様は確かこれが…」
「ヤッ…」
マミヤちゃんが差し出した手を振り払ってしまった。
「…？」
距離の遠ざかった腕はそのまま、マミヤちゃんはふいを突かれたようで、びっくりした瞳であたしを見据えた。
その大きな瞳に、真っ赤な顔のあたしが映る。

「ご、ごめん…」
俯いて、適当に皿に盛った。
マミヤちゃんは心配そうにあたしを見つめるけれど、あたしは顔を上げることが出来なかった。
マミヤちゃんの心配顔を拭うように、あたしは精一杯笑った。
「ごめん、ごめん。こういう空気慣れてないから何かびっくりしちゃって」
あはは、と乾いた笑いを見せる。
「そうですか？」
まだ心配顔は崩さず、マミヤちゃんはあたしの横を歩いた。
「確か克穂様はあちらに…」
その手のひらを辿って、王子にぶつかる。
ふくよかな大きなオジサマと談笑していた。
同じ年なのに、こういう社交パーティーに出ていてすごい。
ヒソヒソと周りから聞こえる話から、今日のこのパーティーは王子達主催の懇談会みたいなもので、会社つながりのお偉いさん達が集まっているよう。
どうしてあたし、そんなところに呼ばれたんだろう？
転ばないようにゆっくりと前に足を這わせる。
揺れる裾を片手で持ち上げて歩く。
本当のお姫様になったみたい。
でも、もしかしたらあたしは…
「克穂さん」

さっきの女の子。
「おじい様と何のお話ですか？」
数メートル先で、沢山の人達の行き来の隙間からそんな風景が見えた。
にこっと笑って王子に近づく。
手には料理の盛られたお皿を持って。
「確か克穂さんはこのお料理がお好きだと…」
その子の手の中にあるお皿に載ったものを見る。
あたしの選んだものとは…違う。
「よくご存知で」
にっこりと笑って、王子はそれを受け取った。
「さすがですね」
上品に一口、口へ運んで王子は微笑んだ。
女の子も嬉しそうに微笑んだ。
「わはは！よくお似合いですよ。克穂くん、どうかね？私の自慢の…」
その瞬間王子と目が合った。
王子はゆっくりと、でも確実にあたしの姿を見た。
あたしは数歩後ずさり、
急いでその場から去りたかった。
聞きたくなかった。
見られたくなかった。
王子の好みとは全然違うものを持っていたあたし…
でも履きなれないピンヒールに、着慣れないこのドレスが

あたしの行く手の邪魔をする。
必死に足を進めるけれど、話の続きが聞こえてきた。
「どうかね？私の自慢の孫娘なんて」
がははっと笑って、王子の背を叩いたのか王子は「こほっ」と軽く咳をした。
聞きたくない…
聞きたくないっ
「そう…ですね」
王子はゆっくりと言葉を進めた。
「まぁ、まずは一日デートでもしてみたらどうかね？」
「…」
「日曜日は空いてるのかね？華」
「えっ…は、はい。あたくしは空いていますが…」
「どうだね？克穂くん。また私の方から親父さんにも話をしておくから。ねっ」
「…分かりました」
いつの間にか、進めていた足は止まっていた。
王子が二つ返事で答えてしまったから。
でも、
そうだよね
うん
分かってる
分かってるよ
断れないことなんでしょ？

取引とか
そういう…
あたしにも入り込めないこと
王子だけじゃ断れないこと
分かってる
分かってるよ
…分かってるけど…
でも…
ホールの中央部分で立ち止まっていたので、沢山の人が傍を行き交った。
ドンッ
「ごめんあそばせ」
グニッ
「ごめんなさ〜い」
ドンッ
誰かがあたしの背を押した。
「フェッ…」
「こんなとこに立ってんなよ」
あたしは気付けばポロポロと涙が溢れていた。
「…村岡？」
その声に顔を上げる。
下を向いていたせいで、涙も鼻水も垂れていた。
「ッ ｣ こっち来い」
あたしは腕を引かれるまま、見知らぬ男の子に会場の外へ

連れて行かれた。
ぶっきらぼうに腕を引くので、掴まれたところが少し痛かった。
「ちょっ…あの…?」
あたしはグスッと鼻を吸いながら、目の前を歩く男の子を見た。
大きな扉を出て、ソファーの並ぶ静かなロビーへ進む。
二手に分かれた廊下。
右に進んで曲がったところにフロントがあるが、ここからは見えず、こちらの廊下には誰も人がいなかった。
左の方にはちらほらと携帯で話をしている人の姿が見える。
ソファーには座らず、左の廊下の途中、観葉植物の並ぶところまで連れて行かれた。
「ごめん、泣かすつもりはなくて…」
いきなり謝られた。
「…え?」
あたしはきょとんと、赤い瞳で彼を見る。
見たことはある。
けど、思い出せない…
誰だっけ…?
黒いタキシードを着て、髪の毛を後ろに流している。
凛と上がった目尻に、それに負けず劣らず上がった整った眉。
唇も薄め、顔も薄め。

多分知ってる。
この声も何となく…
「まさか泣くような女だと思ってなかったから。…赤点取っても、それでも彼氏優先の図太い女だと思ってたから」
‼
あ、赤て…⁉
も、もしかして…
「隣の住人⁉」
ロビーに響くあたしの大きな声に携帯片手の人達もちらりと目を向ける。
「は？」
隣の住人、というあたしの造語（あだ名）にきょとんと口を開ける。
だっだっだっだっ…
だって！
明らかに人が違う！
いつもボケーっと、ブスーっと、隣で寡黙！ってな感じで座ってるだけのやる気なし男が、今はタキシードを身にまとって、髪なんか後ろになびかせてセットして、綺麗に上がる目尻を見せている。
「えっえっえっえっ⁉」
あたしはオロオロと手を小刻みに動かした。
「…驚きすぎ。その驚きの心境は俺も負けてないけど」
ブスっとあの顔を見せる。

「俺も、コレが村岡だって気付いたのはあのシーンを見たからだし」
そう言って隣の住人は「あぃ」と口をつぐんで、少し申し訳なさそうに頭をかいた。
…もし
もし隣の住人でも、ああ返事をしてた？
──分かりました──
金持ち坊ちゃんは、あんな風に返事しないといけないの？
そう尋ねるように、あたしは隣の住人を見つめた。
そんなあたしに気付いて住人がこちらへ視線を返す。
こんな風に向き合ったのは初めて。
「……怖ぇよぃ その顔」
こ…怖ッッ⁉
普通この雰囲気で見つめ合ってそれを言う⁉
そうじゃないでしょ‼そうじゃ‼
普通は見つめ合って
『…泣くなよ…』
ギュッ…
『ちょっ…ッッ困るッ』
『…お前ら何やってんだよ』
『ちッ違うのッッ』
『…違わねぇよぃ 何だよ、ソレ』
『違うッッ！あたしはあなただけなのッッ＋゜』
『…千亜稀…＋゜』

ギュゥゥ…+゜
……なぁんて。ムフ
「てめぇ、やっぱり神経図太いな…ι」
Σガッ
「普通は今の状況でそんなマヌケ面出来ねぇって！」
そんなにマヌケ面だったのか、隣の住人はブククと堪えながら笑っている。
「そんな笑うなぁ！」
あたしは恥ずかしくなってブンブンと手を振り回し、隣の住人を叩こうと近づいた。
グラッ
ピンヒールだった事を忘れていた。
グニッ
ドレスの裾の事を忘れていた。
「ぅキャッ!?」
ドンッ
「ブフゥッ」
倒れ込んだ住人の胸元。
「ったぁ！鼻打ったぁι」
鼻を押さえて住人を見上げる。
上がった目尻のまま、呆れてあたしを見下ろす。
真下から見たからか、いつもより少しだけ優しく見えた。
「…せっかくの化粧が台無し」
そう言って隣の住人は硬い親指で、あたしの目元をグイッ

と拭った。
………。
「克穂さんっ」
！！
その声にハッとして、あたしは隣の住人の胸を押した。
「……」
その声の方を見ると王子がこちらを向いて立っていて、その後ろから少しだけ女の子の頭が見える。
王子は、住人の胸を押すあたしの手を睨むと、ふいっと背を向け、女の子の方へ向き直った。
あたしは慌てて手を引っ込めたけれど、その時はもうすでに遅かった。
「じゃあ…その」
女の子はあたし達に気付いていないようで、赤い顔で王子へ近寄る。
「えぇ。では日曜日に駅で」
…また…
横顔は、いつもの表王子の笑顔。
にっこりと目尻を下げて、穏やかに微笑む。
他の子にそんな顔、向けないで欲しいのに…
「えっいいんですか⁉」
ぱぁっとその子の顔に花が咲く。
王子の笑顔はそんな力を持っている。
自分だけじゃなく、もらった人も笑顔に変えちゃうような

そんな力…
「ええ。ではパーティーに戻りましょうか。こんな所でコソコソと会うようなやましい関係ではないのですから」
王子がエスコートするように、その子の背中を優しく押す。
そんな風に優しく、他の子に触らないで
見つめないで
「…かっ」
つほくん…
あたしがそう声を発して手を伸ばしたけれど、王子は振り返ることなく、大きな扉を開けて会場に帰っていった。
パタン――…
フロアには、ドアの閉まる音だけが悲しく響いていた。
じわじわと目頭が熱くなる。
投げかけた手を空っぽの心と一緒に、ゆっくりと下ろした。
上手く頭が回らない。
「はっ…どういう…？」
色んな事が絡まって、何がなんだか分からない。
あたしを見つめて切なく睨んだあの顔と、あの子に向けた優しい笑顔が交錯する。
あたしを睨むあの瞳は、いつもみたいに強気な裏王子の顔だった。
だった…のに、その顔を思い出すと胸が締め付けられる。
悲しそうに切なそうに、傷ついたように王子は眉を動かしていた。

あたしの方が
ずっとずっと悲しいのに…。
だって
明後日
克穂くんは……
あの子とデートするんでしょ…?
あんな風に触れるんでしょ…?
どんな理由があろうとも、いいわけないのに
あたしの気持ちなんて考えてないで
いつもそう…
いつも自分勝手
知りたくなかった
こんな気持ちも
克穂くんの約束も…
来なきゃ知らなかった。
ここに来なきゃよかった。
どうしてあたしを呼んだの…?
ふるふると顎が震える。
涙を堪える奥歯が、震えて顎を揺らす。
意味が分からない。
呼んでおきながら、…一体何なの?!
自然とドレスの裾を握り絞めていた。
プルプルと握る手に力がこもる。
あたしは一人、唇を噛み締めて怒りに震える顎を押さえつ

けた。
バレないように、こっそりと落ちてくる水滴を指で拭った。
「…おぉ」
すっかり存在を忘れていた住人が、後ろの方で気の抜けるような声をあげる。
期待はしてないけれど、気を紛らわさせてくれるような気の利いた発言を願って振り返った。
「……キスマーク…」
べっとりとついた、あたしの唇の形。
『ぶふぅ』と突っ込んだのがよく分かる不細工なマークが、高そうなシャツにねっとりとついている。
「全くやらしくないな」
あたしになんか目もくれず、シャツについたキスマークの批評をしている。(しかも辛口)
そんな住人に、心底腹が立った。
「あ、あんたねぇぇぇッ『大丈夫か？』の一言くらい気遣いの言葉かけなさいよぉぉ‼」
今の現場を間近で体験しながら、このタイミングでそこに意識を飛ばしますか⁉
ぶんぶんと右手で指差し、裾を持ち上げて「キィィッ」と怒りの地団駄を踏んだ。
そんなあたしが、地団駄を踏み終わるのを数分見守って、住人はようやく口を開いた。
「…元気そうじゃん」

憎たらしく笑う、嫌味な顔。
(コイツ…)
ありえないくらいムカつく顔に怒りも忘れ、感心してあたしはあんぐりと口を開けた。
「……。ちょっと付き合えや」
明らかに、頬に傷のあるごついおじちゃんが使うような言葉を発して、住人はあたしを引っ張る。
『何なめたことしてくれてんのじゃ。きっちり落とし前つけてもらわんとなぁ〜。姉ちゃん、いい体しとるやんけ(ニヤ)』
そんなセリフが頭の中で回って、あたしはバタバタと抵抗を見せるが、悲しくも無意味。
「ひーぃとーぉさーぁらーぁいひぃぃぃぃぃぃぃ」
絨毯に、あたしが引きずられた証拠になる、二つの平行線が残っている。
「……うっせぇι」
(あぁ、誰か…変わり果てたあたしの姿を見つけ出してください…)
その平行線に思いを託して、あたしはされるがまま、引きずられて、ある部屋に入った。

ジャー…

部屋だと思ったのは、実はトイレで、しかも男子トイレで、あたしはぶつくさ住人となぜか男子トイレの鏡の前に立っていた。
「覗く趣味あんだから、平気だろ」
と、この前、トイレの前で威嚇していたのをきちんと見ていたと思われる発言。
「そんな趣味ないし‼」と言いたかったけど、あたしももう大人。
言い合いになるのは分かってるから、ごくっと呑みこんだ。
距離の保たれた住人を鏡越しに見ると、濡れたハンカチでトントンとシャツを叩いている。
瞳にはこの風景が写っているけれど、頭の中には何も映っていなかった。
さっきから頭の中に浮かぶのは王子のことばかり。
悲しく睨んだあの顔
あの瞳
あの子に向けた笑顔
回した手のひら
幸せそうなあの子の顔
消えていく二人の背中
目の前に広がるさっきの場景が、繰り返し繰り返し浮かんでは消えた。
呑みこんでいたものが、ぶわっとあふれ出す。
少し時間が経って、ゆっくりと現実になってきた、さっき

の王子。
王子の隣にいたあの子のこと。
「…ぁ「あ」」
(のさ…)
住人と言葉が重なって、落としていた視線を鏡越しに持ち上げた。
住人はトイレの入口を見つめて、叩いていた手を止めている。
あたしは淡い期待を持って振り返って入口を見た。
ゆっくりと閉まっていく扉。
「！」
動きにくい体を一生懸命動かして、あたしは閉まっていく扉を追いかけた。
もしかしたら……
淡い期待が胸を過ぎる。
もしかしたら王子が…。
あたしは扉の外に出た。
でも過ぎっただけ…。
廊下には愛しい人の姿はなく、沢山の人が群がっていたので先が見えなかった。

もうパーティーは終わってお開きになったらしい。
男子トイレの前に佇むあたしを不思議そうに見つめる男性達がチラホラと扉を開けて中に入っていった。

(…そぅ…だよね…)
移り行く人並みを、ただ見つめてあたしはため息をついた。
回れ右をして、もう片方の廊下を見る。
「のッ！」
ぐいっと額を押された。
「…また付ける気…ι？」
住人があたしの額を押していた。
「ねぇ！あんた、さっき何だったの⁉」
あたしはその手のひらを振り払い、住人の胸倉を掴んでグラグラと揺すって答えを急かした。
「何、…って？」
「さっきの『ぁ』って何⁉ 誰がいたの⁉」
「…」
住人は細い目で、じぃっとあたしを見つめた。
「……あんたじゃなくてシンチ。新地。俺の名前」
はい、とあたしにリピートを求める。
「し…新地……くん？」
あたしは求められたまま、名前を繰り返した。
……。
何となく空気が変わった。
何となくだけど、あたしはそう思った。
………。
ハッ
(じゃなくって！)

「さッ「千亜稀様」」
またあたしの発言を遮る声。
ムッと振り返ると夕方の執事が立っていた。
「お捜ししておりました。もうお帰りのお時間です」
深すぎる一礼は忘れずに、頭頂部を見せてそう言った。
「…へ？」
「克穂様からの言い付けで千亜稀様を送るようにと」
話し終わる度に一礼をするから話が続かない。
では、と強引に案内されて廊下を歩かされた。
「ちょ…っと」
驚きながら住人…いや、新地という男の方を振り返るともう背を向けて向こうへ歩いていっていた。
(…何、アイツ…)
何もかもがスッキリせず、うやむやの心地で大玄関前のロビーへ下りた。
王子が待っている。
一緒に帰れる。
エレベーターから出る頃には、ぶつくさ男・新地のことなど頭の中から消え去っていた。
高い吹き抜けの天井。
三角屋根の最上階まで筒抜けになっているので、広い空間を演出して、とてもオシャレで綺麗なロビーだった。
ちらほらと迎えの車を待っているお偉いさん達が陣を取って、柔らかそうなソファーに座っている。

立ち止まることなく進む執事に、あたしは焦って辺りを見渡した。
ガチャ
執事は一度もわき目をふることなく、扉の前に用意されていたリムジンの傍に寄った。
ようやく立ち止まり、ドアを開けてあたしに一礼する。
「？…あの、克穂…さんは？」
中には誰も乗っていないし、近くにいるような気配もない。
「私は千亜稀様を無事にお届けするようにと言いつけられただけでございます」
一礼をする。
…えっ？
あたしはてっきり一緒に帰れるものだと思っていた。
びっくりして大きく見開いた目で、頭を下げる執事を見つめた。
「え、でも…」
必死で頭を回転させる。
「あ、これ！このドレスは？克穂さんのもの（？）だとお聞きしました。返さないと」
ドレスの裾を持ち上げて執事に言う。
「千亜稀様へのプレゼントと存じております。特注でお作りになった、無二の品でございますから」
執事の声が、少し誇らしげに響いた。
持ち上げたままのドレスに視線を落とす。

…そうなの？
あたしのために作られたドレス。
……プレゼント…
あたしの小さな胸は、喜びのリズムを奏でて、ピンクに染まる頬と寄り添った。
ドキドキとかトクントクンとか、沢山のリズムが心の中を流れている。
王子があたしのために作らせたドレス。
『いいじゃん』
微笑んだ顔。
本当はすごくすごく嬉しかったんじゃないの？
自分の選んだものを着せて、顔には出してなかったけど…本当は嬉しかったんじゃないの？
…なんて思ってしまう…
タキシードに身を包んだ王子。
イジワルな言葉とは裏腹に上品な振る舞い。
優しく微笑んでくれたあの顔。
…褒めてくれたあの言葉。
あたしは切なくなって、ドレスを掬い上げた。
「では」
執事の声に一歩進んで、あたしは身を屈める。
(よいしょっ)
「って！ちょい待ちぃぃ‼」
ゴォンッと勢いよくドアの上の所に頭を打ちつけ、悶絶状

態のあたしに「…大丈夫ですか？」と意外と冷たい執事。
「あたし騙されません！乗りません！待ちます！王子のこと！」
頭を押さえて啖呵(たんか)を切った。
騙されない。
あたしばっか先に帰そうなんて、そんなの許さないんだから！
心配顔の執事をよそ目に、あたしは王子を待った。
まだあの子といるの？
今、何してるの？
何であたしだけ先に帰そうとするの？
沢山の気持ちが浮かんでは消え、一刻一刻と時を刻んでいった。

「…」
ブルッ
「寒…」
じゅるると鼻をすする。
室内用のドレスなので軽装。
春ももう終わり、と言ってもまだまだ夜は冷える。
「ですからお車の中で…」
「そんな言って連れて帰る気でしょー⁉」
「そんな…。私、そんなことは致しません」
「騙されませんっ」

「ですが千亜稀様…」
「騙されないったら騙されません！帰りませんっ来るまでは‼」
駄々をこねる子どもみたいにあたしは嫌嫌と首を振った。
そんなあたしに執事も困り顔。
ため息をついて、一つトーンを下げて口を開いた。
「実はですね…」

バタン
「では…、おやすみなさいませ」
あたしは車から降りて、マンションの自動ドアの前にいた。
降ろされた実家のマンションの前。
執事がリムジンを走らせて帰っていく。
『実は千亜稀様…』
執事のさっきの言葉が頭の中で渦をまく。
あたしはその場に立っているのがやっとだった。

愛のハカリ方（克穂SIDE）

（また…）
千亜稀の近くにいるアイツ。
最近、事ある毎に千亜稀の周りをうろちょろしてるあの男。
いつも隣の席から千亜稀を見ている。
鈍い千亜稀は全くそれに気付いていない。
単純だから、ムキになってアイツの思うツボ。
「…ほくん。克穂くん。どうしたのかね？何か考えごとでも？」
大手企業、親父の会社のお得意先。
こういう席では相手をしないといけなくて、かなり面倒。
「いえ。こんなに沢山の方にご出席いただけて光栄に思います」
にっこりと微笑む。
小さい頃から、嫌でも身についてきた社交の技術。
心にもないことを言うことを強いられて歪んだ感情。
「今日は咲人くんの姿は見えないが…。咲人くんはご出席されなかったのかね？」
お得意先であるのと同時に、長い付き合いでもあるから家族のことも知られている。

辺りを見渡して蓄えた髭の下、肩を動かして俺に訊ねた。
「咲人は今夜は─…」

『お兄ちゃん助けて‼』
いきなりかかってきた電話越しに咲人の声が響く。
『っし』
俺は顔をしかめて、耳から携帯を離した。
『お兄ちゃん！ママが明日行っちゃダメって言うんだよぉ
ぉ─～ッ』
涙を流したような濡れた声。
耳から10センチは離れているのに咲人の声がよく聞こえる。
『僕、明日からテストだから行っちゃダメって言うんだよ
‼??? お兄ちゃんどうにかしてェー‼』
ぐすぐすと鼻をすすって、必死に叫んでいる。
いつもならこういうパーティーには強制参加なのになぜ？
『な…』
聞き返そうとした瞬間、受話器越しに咲人の駄々をこねる
声が遠くなった。
『…』
耳に受話器を戻すと、母さんにかわっていた。
『邪魔ものはお留守番ｗさぁ明日、ガールフレンドを紹介
してもらいましょうか』

母さんの嬉しそうな声が耳に障る。
『なっ（んでそれを…）』
『何で知ってるの？って思った？子どもの事は全てお見通しよ！ドレスまでプレゼントするんですってね〜（ニヤニヤ）』
受話器越しにニヤニヤと目を細めたのが伝わってくる。
『…』
（あのバカ執事、言いやがったな）
『飯田さんを責めたって何にも出てこないわよ〜！ママは違うところから情報を拾ったんだから』
オーホッホッホッ…と高い笑い声が受話器越しに響く。
『じゃ、また明日！おやすみ、ママの可愛いボーヤ。チュ』
受話器越しにおやすみのキスをするのは母さんのくせ。
（…誰だよ…ι）
ツーツーと鳴る携帯を片手に俺は頭の中を巡らした。

「なるほど。学業も大切。咲人くんも素敵なお兄さんにならないといけないからな」
じいさんはガハハと笑って腹を押さえる。
「んー小腹が空いたな。華、ちょっと料理を盛ってはくれんか？」
近くにいた女を呼びつけてそう言った。
パッと目が合って、女は頬を染める。

じいさんとの付き合いは長かったが、孫娘の方とは交流がなかった。でも知ってる顔。
中学から乙女川だった岩井谷華。
大きな一重の瞳と、その物腰から普段から大人しそうなお嬢様の空気を醸し出している。
「分かりました」
染めた頬を隠すように小さく頷き、岩井谷はテーブルの横を歩いていった。
その間に横目で千亜稀を探す。
上鶴と一緒にまた皿に料理を追加していた。
(本当によく食う)
ちっこい体でよくもあんなに入るなってくらい食べる。
本当に食べることが好きらしい。
それにしても歩きにくそうに動くな…
よろよろと動くその動作に、俺は隠れて笑った。
真っ赤なドレスが際立って、細くて小さな背中が映えていた。
「いやぁ本当によく出来た御曹子だよ、克穂くんは。孫息子になってはくれないかといつも話題になっとってなぁ」
蓄えた髭をなぞりながら、じいさんはそう微笑む。
俺も社交として、微笑んで返した。
「何のお話ですか？」
話を聞いていたかのようなタイミングで、岩井谷が口を挟んだ。

両手に皿を広げて、にこやかに近寄って来る。
じいさんに片方を渡して、もう片方を俺に差し出した。
「確か克穂さんはこのお料理がお好きだと…」
頬を染めて、俯き加減で消え入りそうな声。
別に頼んでもないし、何で好みとか知ってるのか、はっきり言って気持ち悪い。
「よくご存知で」
内は冷え切ってるのに微笑む表面の俺。
…に騙される周りの奴ら。
「わはは！よくお似合いですよ！克穂くん、どうかね？私の自慢の孫娘なんて」
適当に答えて受け流す。
いつものスタイル。
相手に不快な思いをさせず、傷つけず、さりげなくＮＯと言う。
培ってきた俺の歴史。
いつも通り。
…いつも通り
の予定だった。
数メートル先、人込みに見え隠れしながらこちらを見つめる大きな黒い瞳。
ぽかんと口を開けて立つ姿は、話が全て聞こえていた証拠。
ぎゅっと眉をはの字に寄せ、黒目がちの瞳が曇っていく。
パッと身を翻し、小さい背中をこちらに向けた。

人込みに隠れてどんどん遠ざかって行く。
「どうだね？克穂くん」
上機嫌のじいさんに背中を叩かれ、意識を戻すしかなかった。
「そう…ですね」
「まぁ、まずは一日デートでもしてみたらどうかね？…ねっ！」
いつものスタイル。
相手を傷つけず、不快にさせず、やんわりと断る。
今日もその一部。
「…分かりました」
そう微笑んで、俺は岩井谷と二人きりになりたいとじいさんに伝えた。
「ここは若い二人に任せないとなぁ」と嬉しそうに髭を撫でて、皿を片手にテーブルを離れて行った。
俺は岩井谷をロビーへと促し、ザッとフロアを見た。
(…いない)
千亜稀も
あの男も。
人込みを掻き分けてドアの方へ足を進める。
コツコツ響く足音も談笑でかき消された。
「失礼」
ぶつかってきたふくよかな貴婦人に笑顔を向けると、いきなり"女"の瞳で俺を映す。

「こちらこそごめんあそばせッ」
声高々に叫ぶのが耳に当たるが、にこやかな表情は崩さず、ドアを開けて岩井谷をロビーへ通した。
笑顔の消える岩井谷は、俺の言いたいことを察知している風。
この子もこの世界で生きてきたから、建前と本音の使い分けを分かっている。
「分かってるんです。克穂さんが断れなかっただけだというのは。おじいさまは克穂さんに彼女がいることは知りませんし…」
そう肩を震わす岩井谷を背中に、俺はゆっくりとロビーを歩いた。
すると入ってきた視線の先。
目と鼻の先。
千亜稀へと視線がぶつかる。
アイツに抱かれるように寄り添って、
アイツが千亜稀の頬に手を置いている。
男は千亜稀の頬に触れ、何かを拭うように優しく微笑んでいた。
「克穂さんっ」
その声に気付いて、千亜稀がハッと身を離す。
…反射的にそうした
俺にはそう思えた。
千亜稀は肩を竦めるように、ゆっくりとこちらに顔を向け

る。
赤い瞳の千亜稀。
他の男の胸を借りて
他の男の胸で泣いて
俺に気付いてパッと身を離す。
「じゃぁその…」
俺の後ろでは二人に気付いていない岩井谷が会話を続けていた。
俺は振り返り、満面の笑みでそれを遮る。
「では、日曜日に駅で」
岩井谷は訳が分からずキョトンと俺を見つめるが、すぐに表情が明るくなった。
「えっ、いいんですか⁉」
もちろん微笑みでイエスを伝える。
岩井谷の背中を押して俺は会場に戻った。
別に訳なんてない。
ただ、これまで通り。
無駄なことはしない。
無駄骨は折らない。
ただそれだけ。

ピッ
『…あぁ。今すぐ連れて帰ってくれ。実家の方。いや…いい。どーせ赤点だから』

『ですが奥様はお待ちしているのでは？』
『さっき会ったから平気だろ』
電話口でオロオロする飯田に、俺はイライラと伝えた。
チラチラと目の前に浮かぶ映像が、やたらとまぶたの裏に名残りを残す。
泣いた千亜稀を抱き寄せるあの男。
見上げてかち合う視線。
そんな映像がまぶたの裏で繰り返されていた。
『では、今すぐ車をお持ちいたします。玄関でよろしいですか？』
『俺は乗らない。千亜稀だけ』
俺はざっと簡単に説明をした。
飯田はそれに納得して千亜稀を家に届けると返事を返した。
フケようと思っていたお偉方の相手。
結局は千亜稀が赤点を取っていたので計画も全て倒れてしまった。
……赤点ってバレてるのに必死になって隠してて、隠し切れてると思っているよう。
ちょっと笑えるから気付くまでそのままでいるつもり。
『…千亜稀は男子トイレにいるから』
『…えっ!?』プツ
俺は携帯を閉じて親父の待つロビーへと歩いた。

日曜日。
数メートル後ろに揺れる影。
深いキャップを被り、有りがちなダテ眼鏡をつけ、太い支柱からこそこそと尾け狙う一つの影。
千亜稀。
補習終わりに急いで着替えて来たのか鞄を大きく膨らませ、じとっとシケた目でこちらを睨んでいる。
こんなバレバレな行為を、気付かれてないと思う単純明快な頭。
クルクルと身を翻し、尾行している探偵気分にでもなっているようだ。
「こんにちは」
駅のホーム。
涼しげな白のワンピース姿で待っていた岩井谷のその声に、俺も軽く会釈をした。
後ろで派手に転ぶ音が聞こえる。
ミラー越しに見ると、四つん這いになった千亜稀が風に飛ばされたらしいキャップを慌てて拾い上げ、深く被り直してピューと知らぬ顔。
口笛を吹いている。
…笑える。
あまりにも単純過ぎる千亜稀を背中に、俺は岩井谷と並んで歩いた。

絡まるトライアングルデート

脅しを利かす。
『いいからアレ貸しなさいよ！アレ！』
赤点仲間だった、ハリセン男。
くじ引きの時に隣でパシパシとハリセンを叩いていたあの男の胸倉を掴んで体を揺らす。
『な、なんのことですか～ぁぁ』
ぐらぐら揺らされて目が回ったのか、青ざめる男の顔。
『あんたが持ってる変装グッズ貸しなさいよ‼』
あたしの大声が教室内に響いた。
シーシー‼と口に人差し指を当てて、ハリセン男が廊下へと逃げ出るのであたしもそれに続いた。
『大きな声で言わないでくださいよ。あれ、かなり恥ずかしかったんですから』
男は頬を染めている。
『まぁ、…他にも持ってますけど』
もっと耳を赤らめて教えてくれた。
『まともなの！まともなの持ってきて！休み時間のうちに！』
その言葉に"信じられない"とあたしを見つめるその男。

『…あなたの行動一つで、克穂様の人生が変わるのよ？ね？分かった？分かったら…ＧＯ‼』
ギラギラと瞳で訴えると、男はＧＯの合図でダッシュを決めた。
そしていくつか持ってきた中から選んだ黒ぶちメガネ。
変装の主流でこれじゃバレるかなと思ったけど、並べられたものの中では一番まともだった。
鼻つきメガネや髭つきメガネ、かぶりものの馬や大仏も並んでいて、これをあたしに被れとでも言うのかと、睨むと『だって持って来いと言ったじゃないですかぁー‼』と涙声。
『まぁ、これで克穂様もご満悦よ』
そう伝えると、男はぜぇぜぇと肩を揺らし、怪訝そうにあたしを見ていた。
『じゃ、ありがと』
あたしはそそくさと席に戻る。
男は啞然と口を開いた。
（ち、ちーちゃんの鬼ぃ‼）

午前中までの補習。
礼と同時に廊下に飛び出して、目指した場所。
聞いた待ち合わせ場所と時間を、頭の中で何度もリピートさせて、あたしはその場所に急いだ。
彼氏の堂々たる浮気デートを尾行するなんて、なんて情け

ないんだろう…
数メートル先を歩く王子の後ろから、大きな石の支柱に隠れて後を尾けた。
W襟、長袖の黒ポロシャツにカーゴパンツ。
ダメージ系のカットブーツを履いて、髪はいつもより遊ばせている。
歩くたびに振り返る人込みの顔。
そんな姿を見て、咲人くんの言葉を思い出した。
〈お兄ちゃんはもっとすごいよ〉
でも誰も声をかけない。
恐いのかな？
てか、恐れ多い？
じと〜っと不信感プンプンの瞳で王子を見つめる。
ふと、王子が立ち止まって首を右に曲げた。
それと同時に、あたしはぎゅっと体を支柱に隠す。
こっそり顔だけ出すと、王子の横に目標の女を発見した。
清楚っぽい白のワンピース。膝丈でゆれるフェミニン調のデザインについ「可愛い」と独り言を言ってしまった。
…王子のためにオシャレしてきたのかな…
微笑む王子。
その子と仲良く話している。
(…楽しそうじゃん…)
王子の笑顔に、あたしは胸がギュッと締め付けられた。
俯いて、胸元に力をこめていると帽子が宙を舞う。

Σああ‼
あたしの大切な変装道具‼
あたしは四つん這いになって、二人にバレないようにこそこそと動いた。
帽子を被り直して王子を見るが、あたしに気付いた素振りも、気付く素振りも一切なし。
いつもより3割増しでかっこいい。
ずり落ちるメガネもそのまま、あたしは王子を見つめた。
今ここで「何やってんの？」と王子に見つけてもらえたら、あたしはあんなにも惨めで恥ずかしい思いは、しなくて済んだのかもしれない…。

駅を出て足を運ぶ二人の後をこそこそと歩く。
雨上がりの空、足元には水溜まり。
みんなが避けて通る程、大きな水溜まりが王子達の行く手を阻んでいる。
ジャンプするか、半ば濡れるのを覚悟で縁を歩くか…というくらい大きな水溜まり。
……嫌な予感がする。
王子はするりと大股でかわし、女の子にあの手のひらを差し出した。
最初に会った時、あたしに差し出してくれたあの手のひらをその女の子に向けた。
もちろん優しい笑顔も一緒に添えて。

女の子は戸惑いながらも、その手に応え、王子に抱えられるようにして水溜まりを越えた。
——幾つもの試練を二人で乗り越えると、やがてそれが愛へと転ずるのです——
どこからかロールプレイングゲームに出てきそうな神の声が舞い降りてくる。
あたしはブンブンと頭を振って、神の声を吹き飛ばした。
二人の後を追う。
水溜まりも自分で越えた。
幅跳びをするように、勢いよく駆け出して見事着地。
ズボンの裾に茶色の水垢をつけた。
「…ι」
それでもあたしは二人を追った。
人込みに入れば、王子が女の子を庇うように歩く。
それくらい予想してたし…
こめかみがピクピクと動くが〝想定内想定内〟と自分に言い聞かせて二人の後を追った。
二人が角を曲がり、一つの店に入る。
あたしもつられて店へと入ってしまった。
ついた先はレストラン。
高級感漂うレストランに紛れ込んだあたし。
二人は「お待ちしておりました」と案内されて、テラスの方へと通されていた。
ハッと気付いた時には、もう既に遅し。

ウエイターは分かっておきながら
「何名様ですか？」
と聞いてくる。
(…それって帰れってこと？)
セレブなマダム達があたしの服装をチラチラと見て笑っている。
頭にはキャップ、泥の跳ねたズボンに、大きなリュック。
もちろん髪は二つに結んでるし、極め付けに変装用の黒ぶち眼鏡をかけていた。
「あっあのッ「2名で」」
"出ます！"
覚悟を決めた瞬間、後ろから声がした。
振り返るとブックサ代表、新地が立っている。
休日バージョンなのか、いつもよりは少しだけ目が開いていた。
「何で…」と言おうとしたら、ウエイターに席を案内され、あたしの尾行はどうにか続行される事になった。
通された席。
テラスにいる王子達を盗み見するには、ちょうどいい室内窓際の席。
あたしはジロジロと二人を見ていた。
「気にならねぇの？」
ウエイターが水の入ったグラスを運び、離れていくのを待って新地が口を開いた。

あたしは新地を見つめ、キョトンと首を傾げる。
「…気になってるよ？」
気になって気になって仕方ないからこんな事までして後を尾けてる。
惨めな事くらい分かってるのに後を尾けて、比べてる。
まだセーフだよね…とか。
あたしの方が王子に近いよね…とか。
結局は自分の線引きで、王子の気持ちを天秤に計ってる。
もちろん、今は全敗…。
でも捨て切れない希望を胸に、あたしは王子の後を追っていた。
「…じゃなくて俺のこと」
「は？」
何コイツ…自意識過剰なんじゃ…
身を引いて、眉をひそめて新地を見る。
…………
………!!!!

「何でここにいるのよ———!!!」
すっかり流していた新地の登場。
どうにか恰好悪く店を退却しなくて良かった──
店の前で惨めに待つことにならなくて良かった──
…なんて意識が違う方向に向かい、中に入っていた。
「…バレるぞぃ」
新地のその言葉に、あたしは口に手を当て、ふがふがと声

を発した。
「あんふぁなんでここにいるのほ！」
「電車乗ろうとしたら、変態見っけたから」
プッと鼻で笑う。
…こいつ、そんなファイトあるキャラだったっけ…？
あたしの前ではいつも、ヌボー・ヌベー・ダラー・ムキーの4パターンしか見せてないけど…。
「いい加減その眼鏡外せば？」
水を飲んで新地が言う。
「そんなことしたらバレるでしょー！」
「見てねーよ。てか目もくれてねーじゃん。あんなに楽しそうにしてんのに」
新地のその声を合図に、あたし達はテラスで笑うカップルを見つめた。
——楽しそうにしてんのに——
その言葉にドキンと胸が泣く。
そう…今まで見たことないくらい王子が笑ってるんだ。
楽しそうにしてるんだ。
表でも、裏でも、今までないくらい楽しそうに笑っている。
あたし以外の、何にも無頓着そうな新地でさえも、そう感じるんだ——
そう思うと、自分の中だけだった「もしかしてそうかも？」というあやふやなモノが確信じみたホンモノへと移り変わっていく。

あたしは深く俯いた。
だから、あの時王子は……
「…飯」
下を向くあたしに、新地はいつものマイペースさで言葉を続ける。
ちらっと目だけで新地を睨むと、新地は肘をついていつも通り怠そうに外を見ている。
「…村岡のおごりな」
「はぁ!?なんであんたの分まで出さないといけないのよ!」
あたしはフルフルと声を荒らげた。
「…あのまま一人で入る気あったの?俺がいたから入れたんじゃないの?」
勝手に後ろからついてきた分際で、あたかも正論のように図星をつく新地にあたしはムキーッと怒りのボルテージが上がった。
…あ、ムキーはあたしから新地へのパターンだ…とやけに冷静なツッコミを心の中で入れる。
そうツッコミ笑いをして、ふと目が合う。
…王子。
新地の背から真っ直ぐ先。
席を立って室内に入ってきた王子がこちらを見ていた。
何も感じていないような、凍った瞳があたしを停止させる。
口も目も開いたまま止まるあたしに首を傾げて、新地が振り返った。

王子は何もなかったかのように店の奥を目指して足を進めていく。
ガタッ
椅子を思いきり後ろに滑らせ、あたしは王子の後を追った。
―ドクン―
心臓が押し潰されるような、低くて重い音が体の中を巡る。
口の中がカラカラと渇いていく感覚がする。
カタカタと震える膝が、先急ぐ足を鈍らせた。
丸テーブルをいくつも避けながら必死に追う王子の背中。
料理を持ったウエイターは突進するあたしに気付き、「っと」と器用に身をよじった。
細い廊下に入る。
ドアを押して中に入る王子に、寸前で追い付き腕を摑んだ。
「…ッ」
ハァ…ハァ…
そんなに距離も走ってない。
目の前にいるのは王子。
あたしの"彼氏"
…なのに悪寒がする程震える心臓は、「もう無理だよ」と悲鳴を上げている。
「…なに」
やけに冷静で低い王子の声が、細い廊下に小さくこぼれた。
脚はさっきよりも一層膝を震わせ、立っていようと必死に突っぱねている。

「あのね、ちが「どこまでついてくる気？眼鏡までかけてさ」」
王子はフッと嘲笑し、ドアの中へと入っていった。
パタン…とあの夜のように、静かに閉まる扉の音があたしの耳に悲しく響いた。

めがね…
確かめるように、あたしは震える手をゆっくりと持ち上げた。
何にもぶつかることなく、手のひらは頬を触った。
テーブルに置かれた眼鏡。
王子と目が合った時には、かけていなかった眼鏡。
王子は知ってたんだ…
あたしが後ろからついてきてたこと。
知ってて、あんな風に──…
どんどんと崩れていく。
引きつって堪えていた頬が、音を上げて壊れていく。
喉の奥がギュッと持ち上がって、上手く息が出来ない。
扉の向こうに消えて行った王子の顔。
あの子に向けた顔。
それが答え。
比べて求めてた
あたしの
答え…？

あたしは消え入るように店から出た。
頭の中が混乱して、今　何が起こってるのか、何が起こっていたのか分からなかった。
今の…言葉…
どういうこと…？
知ってたの…？
知っててあんな風に笑ってたの？
あの子に触れてたの？
安心したくて、
比べて…
信じたくて、信じたいからずっと我慢していた。
でもそれは、わざとあたしに見せていたこと─…？

雨上がりの明るさは消え、空には薄暗い層が出来ていた。
冷たい風が吹く。
行きかう人込みの中、あたしは力なく手のひらを見つめた。
手の中には何も残ってなくて、
王子との関係を証明する、信じられるものをあたしは何一つ持っていなかった。
どうしてこんなことになっちゃったの？
分かんない、
分かんないよ…
王子のこと何にも分かんないよ。
この前までは幸せだったのに…

隣にいてくれたのに…。
一緒に目覚めた朝を思い出して、また切なくなった。
…だってあたし達は──…

ポツ…
ポツ…
空からは季節外れの冷たい雨が、あたしの瞳からは小さな哀しい粒が、暗い世界に影を落とした。

「…これ。俺払いになったんだけど」
細い廊下。
壁を背もたれに、新地が不機嫌そうに口を開く。
克穂は無視して通り過ぎた。
「…浮気ってやつ？」
後ろから投げられた言葉に、克穂は立ち止まり、ゆっくりと振り返る。
「…浮気？」
克穂は、クスリと落ち着き払った笑みを漏らした。
「…な、泣いてただろ。アイツ」
その笑みに、さすがの新地も驚いて言葉を加える。
「たとえそれが"浮気"であったとして、"アイツ"が泣いていたとして、君に何か関係あるの？」

にっこりと微笑み、克穂は新地を見下ろした。
その微笑みは、キツく睨まれるよりも大きく罵られるよりも威圧的で、強い意味を持っているように感じられた。
「…そんな態度なら別れろよ。迷惑だよ、はっきり言って」
新地は小さく、でも強く言葉を並べた。
「…告白も出来ない男にそんな事言われたくないね」
「あんたは言ったのかよ？アイツ、いつも不安そうにあんたを見てるぜ？」
「俺が言ったかは別として分かってんじゃん。答えはさ」
「は？」
「見てんだろ？"千亜稀"が"俺"を」
克穂のその言葉に新地はグッと言葉を呑む。
「変な気起こすなよ」
興味なさ気に上目線。克穂はそう言うと、新地に背を向けた。
「それは俺のセリフ。…あんたも他の女に変な気起こすなよ」
冷たい空気が二人を包む。
絡まりきった３本の糸は、一層深くもつれ合っていた。

トントン…
…トントン
「…ほーい」

ガチャ
「お！どした？…って！ずぶ濡れじゃん‼何やってんの⁉」
駅のホームで携帯を握りしめ、ダイヤルした。
マミヤちゃんは留守で、ふっと浮かんだ顔。
王子の本性を知ってると思う彼の顔。
今日は日曜日。
一か八かで彼の部屋をノックした。
寮官は疑わしげな目を向けたけど、王子の彼女ということで通してくれた。
「ちーちゃん？何があったの…？」
俯くあたしを覗き込むように、充くんが両肩に触れる。
冷たく染み込んだ水分が、服に厚みを持たせ、濡れた皮膚を覆った。
「……ゥ…んが…克ホックがァ…ッ…」
あたしは小さな子供のように、うわーんと顔を歪ませ、手のひらで涙を拭った。
「？は⁉何があったわけ‼⁇」
あたしの肩を持ったまま、充くんは視線を合わせるように背を曲げて頭を傾ける。
「まずは拭かないと…。待ってて！タオル持ってくる…………って……もういっそ
…風呂…入る？」
充くんは一度向けた背中を振り向かせ、申し訳なさそうにぽつりとそう呟いた。

「ッ!?」
ひくっと喉を鳴らして、あたしはハタリと充くんを見る。
「あ。泣き止んだw」
充くんはそんなあたしを見てニッコリと笑った。
「そのままじゃ風邪ひくよ？体温めて行けば？」
サラッとそんな事を言うから、あたしの思考回路は充くんの方へと向き始めた。
「…ゃ…それは…ちょっと…」
…仮にも親友の好きな人…だし……
いきなり冷静に回り始めた脳みそが、今度はドクンドクンと波を打つ。
そうだよっ
マミヤちゃんの好きな人なのに、あたし部屋まで訪ねて来ちゃって……
涙腺が弱まっているせいか、自分の浅はかな考えにまた目頭が熱くなる。
「う〜〜〜」
「あー克穂にしつけられてんのね？男の部屋にはあがるなって」
充くんがニヤニヤと顔を向ける。
「ちが…。ぉ…克穂…くんはそんな事言わない…」
ヤキモチなんか妬かない。
苦しくなるのはいつもあたしだけ…
あたしがグッと俯くと、充くんはクスッと笑って手招きを

241

した。
「この場所じゃ、ちーちゃんはあまりにも目立ち過ぎる。ドアだけは閉めよう」
実家から帰ってきた人達が、ちらほらと廊下を行き交っていた。
さっきは必死で何も見えていなかったけど、落ち着いてみると広い廊下にぽつぽつと人が歩いている。
案内は、真っ白な壁と廊下に、柔らかな茶色のドアが規則正しく並んでいるデザイン。
初めて見た寮の内部を横目に、あたしはドアを閉めた。
もちろん玄関まで。
あたしは、玄関から中の造りを眺めた。
真っ直ぐの短い廊下には扉が3つ。
左右にある2つの扉と遠く正面にある扉。
左右にある扉の右手側に充くんは消えていった。
左にあるのが、相部屋くんの部屋なのだろう。
正面の部屋がお風呂やトイレの部屋かな…
全室バストイレ完備！と夏休みに参加した高校説明会で、先生が言ってた気がする。
「そんな警戒しなくても取って食べたりしないってｗ」
充くんは持ってきたタオルで、あたしの髪をわしゃわしゃと拭きながらそう笑った。
「ちーちゃん可愛いからすっごく残念だけど…。克穂が抱いた女に手ェ出す趣味ないから」

なんていつも通り。
見た目は爽やかボーイなのに口を開けばちゃらちゃらとエロい発言をしてくれる。
そんな充くんの言葉にあたしはまた俯いた。
「……ぃよ」
「は？」
「……してなぃよ」
消え入るような虫の声。
充くんが口を動かした。
マ　ジ　す　か？
「…わ、分かち合ったとか言ってなかった？（S♥5の最初で）」
充くんが手を止めて、そう尋ねる。
確かにあの夜、向き合ったあたし達。
王子の硬い体にぎゅっと抱きしめられた。
でも─
「克穂の若さが先立ったとか？」
充くんが笑いを堪えながらそう呟く。
「若さ？」
ハテナ？とあたしが首を傾げると
「や。こっちの話」
と質問はシャットアウト。
「…もしかして」
（途中まででお預け？笑

ちーちゃんはどー見ても処女の匂いがぷんぷんしてるし
……ぶふっ
克穂の奴、ザマーミロッ)
横顔でほくそ笑む充くんに
「もしかして?」
とますます首を傾げて、あたしがそう聞くが
「こっちの話。てか笑い」
と質問は受け付けてもらえなかった。
「???」
充くんはまだ、ぶくぶくと口の中で笑いを殺している。
でも瞳は嘘つかない。
ニンマリと笑って、結局は堪え切れずに、ぶふーっと吹き出していた。
「それが涙の原因?」
笑い涙を拭きながら、充くんはあたしに向き直った。
「…分かんないの…。もう何がなんだか…」
ハハッと渇いた笑いを見せて、濡れた髪をくしゃっと触る。
「何が起こってるのか、何であんなに怒ってるのか…」
ふるふると瞳は潤んでいくが、動転していた心がゆっくりと冷静さを取り戻す。
"本当"の王子を知ってる人に
裏王子を知ってる人に
聞いて欲しくて求めた助け。
でも昔、誰かが言ってた。

秘密を共有することは、連帯感が生まれることだって。
それが男女であるならば、いつしかそれが愛に変わることもあるんだって。
だから「最初は相談相手だったんだ」という人と恋に落ちたりする。
話を聞いてくれたとか、親身になってくれたとか、それだけじゃなく、二人で交わした"秘密"が恋の種だったりするんだよ。って昔誰かに教わった。
目の前に立つ充くんを見つめる。
…あたし本当にバカ……
何やってんだろ…。
ぐちゃぐちゃの頭の中は、形を持たないまま、また一つ混乱を招き入れてしまった。

ヴーヴヴー
ポケットの中で携帯が震える。
湿った服の上から携帯を押さえて、あたしは充くんに一礼をした。
「あ、ありがと…。いきなり来ちゃってごめんね…。なんか意味不明でホントにごめん…」
充くんは一瞬驚いた顔をしたけど、すぐいつもの笑顔に変わり、「お〜!またいつでもおいで」と笑ってドアを開けてくれた。

あたしは、携帯に手を添えたまま外に出た。
「もしもし」
『千亜稀ちゃん？どうかされました？』
マミヤちゃんの声。
『さっきは移動中で気付かずにいて…すみません』
受話器越しに、マミヤちゃんが申し訳なさそうな声を出す。
(いや…)
「こっちこそホントごめん」
『？』
「詳しくは直接話すよ。マミヤちゃん、今どこ？」
『ようやく寮に帰りついたところですわ』
あたしは携帯を片手に談話室へ出た。
何人かの男の子達がそれぞれにたむろっている。
そんな姿を横目に、円形エレベーターの上ボタンを押して箱の中に入った。

チーン

レトロな音が響き、ついた３階。
女の子の寮の階。
あたしはマミヤちゃんの部屋へと足を急がせた。
「きゃっ！どうされたんですか？そんなに濡れてっ」
マミヤちゃんは扉を開くなり、大きな瞳をますます大きく見開いた。

強制的に浴びさせられたシャワー。
(…話すタイミングを失いそう…)
シャツを借りて、バスルームから出るとマミヤちゃんがレモンティーを淹(い)れていた。
甘い香りがマミヤちゃんの部屋を包み込む。
「何があったんです？」
赤いテーブル。
ピンクのカーテン。
ピンクと白のドレッサーは三面鏡。
ほわほわ生地のクッションもピンク色。
マミヤちゃんの部屋は、まさしく"乙女"だった。
ほぉっと部屋を見ながら呆(ほう)けているあたしに、マミヤちゃんがもう一度言う。
「何かあったんじゃないんですか？」
ハッと気付いてあたしは頭を下げた。
「マミヤちゃんゴメンッ‼」

「…は？」
あたしが一通りのことを話すと、マミヤちゃんがパチクリと瞳を広げる。
わなわなと唇が震えているようにも見える。

あたしはゴクリと生唾を呑み、ビンタ覚悟で頬を差し出した。
ペチ…
小さく頬が揺れる。
あたしは斜め下に視線を落として俯いた。
「それで二人っきりにしてきたんですか⁉
千亜稀ちゃんの意気地なしッ‼」
もうバカバカとあたしの肩を叩いている。
「え…」(怒ってないのぃ？)
「千亜稀ちゃんのバカバカ‼そんなことしたら敵の思うツボですわ‼」
ブツブツと下唇を嚙み締めて、マミヤちゃんは目が据わり始めている。
「やっぱりさすがは克穂様。他の女が放っておくはずがありませんわ」
「あ、あのー…ぃ」
手を挙げて一人、炎の中にいるマミヤちゃんに質問をした。
「怒ってないの？充くんとこに行ったこと」
おずおずと一番聞きにくかった質問を小さな声で投げかける。
「千亜稀ちゃんは克穂様を好きで行ったんです。だから怒ったりしませんわ」
にっこりと笑って、はっきりとそう言う。
もし違うなら許さないというオーラが出ていた。…ように

感じた。
「でも克穂様も可愛いことするんですねwあ～んっ見てみたい～～」
両手で頬を押さえ、今度はマミヤちゃんがほう…と惚けて天井を見上げた。
…なんだって…？
一人妄想の世界で悶え死にそうになっているマミヤちゃんに、あたしは手を投げ掛ける。
「ねぇ、一体何のこと？」
「何のことって千亜稀ちゃん。本当に分からないんですか？克穂様のお気持ち」
今のあたしには、王子に関しての「分からない・知らない」は使用禁止語句。
ムッと顔を濁らすと、「も・ぉ」とあたしの鼻をプッシュして、マミヤちゃんが笑顔で言う。
「"嫉妬"ですわ+°」
指を組み合わせ、うっとりと呟いた。
「…………はぁ？」
小バカにするように鼻を鳴らすと「恋愛初心者はおだまりっ」とマミヤちゃんが睨んだ。
「嫉妬されたんだわ。千亜稀ちゃんがフラフラしてるから」
キッと睨んで言う。
「してないしっ！てか克穂くんの方がフラフラしてるんだよ!?執事さんが、あんな風にデートに応えたの初めてだ

って教えてくれたし…」
…と自分で言って、しゅん…と落ち込む。
あの夜のことを思い出した。
一人で乗った広い空間で、王子のことを想っていたこと。
執事さんの言葉が頭の中でリピートされてグルグルと回っていたこと。
だから尾けてしまった。
何で応えようと思ったんだろう
何でなんだろう…と募る不安の答えを拾うために。
シュッ
うなだれているあたしにマミヤちゃんが何かをかけた。
マミヤちゃんには、似つかわしい香りが部屋の中にたちこめる。
「何？この匂い…」
「…魔法の香りですわ」
マミヤちゃんはニコリと笑った。
「とにかく謝るべきですわ」
薄い碧色の瓶を持って、マミヤちゃんはそんな事を言う。
「っは!? なんであたしが!?」
その瓶からマミヤちゃんの大きな瞳に視線を移して、あたしは声を荒らげた。
「ケンカは女の子から謝った方がいいんです。そちらの方が上手くいきますわ。下手に出ながら手のひらで男を転がす…実際このような話がありますの。それは――…」

この手の雑学知識が半端ないマミヤちゃんをあたしはジッと見つめた。
マミヤちゃんはそれに気付いて、話をしたそうに顔をしかめつつ、立ち上がって碧色の瓶をベッドの頭元に片付ける。
「まぁ、きちんと話をしてみるべきですわ」
ティーカップを揃えてマミヤちゃんは言った。
たしかにそれは、あたしもそう思う。
ゆっくりと頷き、二人で玄関へと歩いた。
「報告お待ちしておりますわ」
「ありがとう。じゃぁまた明日、ね」
扉の前で手を振るマミヤちゃんを背に、あたしはエレベーターを目指した。

チーン

重なって欲しくない時に重なるのが人生ってものなのか、乗っていた王子と鉢合わせになったあたし。
ドアが開いているのに乗らないということも出来ず、あたしは中へと足を進めた。
「………」
無言の圧力。
噴き出る変な汗。
鼓動は高く速い。

ただエレベーターに乗るだけで、あたしはバクバクと心臓が震えた。
少し身を避けて、あたしは壁側に立つ。
王子が「閉」ボタンを押して、扉が閉まった。
…ど、どうしよう…
「これ」
意外にも早く沈黙は破られて、王子が手を差し出した。
「…あ」
置き去りにしていたリュック。
「ありがと…」
おずおずと受け取ろうとすると、ひょいっと鞄を逆壁に遠ざける。
「へ？」
「忘れていくなよ、バカ」
……は？（怒）
いつも上目線。
どうしてあたしが置き去りにしたのか、どうしてあんなことをしたのか全く分かっていない。
今度は悲しみを通り越してあたしは逆ギレした。
…いや、"逆"じゃない。
正当に腹が立った。
あたしは、プンッと顔を背けて手を隠す。
「じゃ、もういらないっ」
「…」

そ、そんな目で見たってあたしは負けないんだから！
王子が無言でこちらを見下ろしているが、あたしは強気の姿勢を崩さなかった。

チーン

３階から４階はあっという間。
あたしは王子よりも我先にとエレベーターから降りた。
「おい」
呼ばれた声にも、もちろん振り向かない。
「おい」
背中で跳ね返して、ドアを開けるべく鍵を探した。
……あぃ
……鍵…。
呼ばれていた声はそれかもしれない。
でも悔しい
振り向きたくない
ドアを見つめ、直立しているあたしの背中越しに王子が近づいた。
ドアの前。
王子があたしの頭の上に手を起き、その上に顎を乗せた。
王子の重さがのしかかる。
怒ってるはずなのに、胸はドキドキと鼓動を打ち鳴らした。
……な・なに…？

「………」
何も言葉は発しない。
でもさっきとは明らかに違う、二人を包む空気。
『女の子から謝るべきですわ』
マミヤちゃんの言葉が頭の中で弾けた。
「あ…ね「…充んとこ行ってた？」」
……へっ!?
その言葉に驚いて振り返ると、目の前にはド迫力のあの顔。
遊ばせた髪も長いまつげも綺麗な唇も、斜め上からあたしを見下ろしている瞳も、全て一瞬の間にあたしの心を奪っていく。
ど…どうしてそれを…
ダラダラと汗が流れていく感覚がする。
否定も肯定もしないあたしに、王子はムッと顔を歪めた。
何も言わずにあたしを跳ね飛ばしてドアを開ける。
王子が横を通り過ぎると王子の香りがした。
………ん？
Σ！！！
クンクンと自分の匂いを嗅ぐと明らかに香水の匂い！
『シュッ』
マミヤちゃんがかけたものってもしかして…………
(充の香水の香り…怒)
王子は振り向くことなく、自分の部屋に入って行く。
(あ…あの女、余計なことをぉぉぉ…)

あたしは怒りに震えた。

(高い壁ほど乗り越えた時に培われる愛は、大きく深いんですからっ！…克穂様の妬く姿…あぁきっと鼻血ものですわ…ッ)
マミヤは自分の部屋でほくそ笑む。

悶々とする部屋の中。
考えれば考える程、ムカついてきた王子の態度。
自分が他の娘と遊ぶのはよくて、あたしにはあんな風に不機嫌な態度を取る。
…なんてワガママ・自分勝手・傍若無人なんだろう。
『嫉妬ですわ＋゜』
………
……ニヤ
マミヤちゃんの言葉を思い出して、不敵に口角が上がる。
あたしはブンッと頭を振り、当面の問題に意識を戻した。
もやもやとする心を一晩中抱えておくか、今吐き出してスッキリするか…
あたしは自分自身に選択を迫っていた。

トントン
あたしは勇気を持って、王子の部屋をノックした。

シーン…
「克穂くん…?」
無視?
ホントにあの男…
「何?」
後ろからの声。
あたしは飛び上がって、勢いよく振り向いた。
シャワーを浴びていたらしく、濡れた髪を拭きながらあたしを見下ろしている。
その気迫に圧され気味になってしまうあたしは、すでに言葉がでない。
ブスッとする王子。
……プチ
頭の中の何かが音を上げて……切れた。
「そっその態度は何⁉」
「あの行動は何?」
…?!
あまりにも早い返答に、あたしの思考回路が静止する。
「尾いてきたかと思えば、ついてこられて…」
ブツブツと口元で苛ついている。
「は?」
あたしが大きく耳を突き出すと
「浮気女」
と呟いた。

(う・浮⁉)
あたしは唇を震わせる。
「ぅ・うわッ浮気男はアンタでしょ──ッッ‼︎克穂くんがデートなんかするから、あんな恥ずかしいことになったんだからッ‼︎」
ギュッと拳を握りしめて前のめりになりながら、あたしは大きく叫んだ。
それでも王子は冷静に
「…それだけ？」
と軽く返事をした。
(それだけェ⁉)
呼吸と怒りは数値を上げて、沸点からがらあたしは大きく息を吸い込んだ。
「他にもあるしっ！克穂くんが他の子にあんな風に笑うからッ触れるからッ、あ・あの子の料理なんか食べるから！…あたしは何にも知らないからッ…ッッあたしには何にも教えてくれないからッッ！！」
そう吐き出して、ぜぇぜぇと肩を揺らす。
そこまで言い終わって王子を睨みながら、自分の心と向き合った。
─…マミヤちゃん
やっぱり違うよ。
嫉妬してたのは王子じゃなくてあたしの方
好きが大きいのもあたしの方

苦しくなるのも
こうやって涙が出るのもあたしの方なんだよ──…
視線は王子に合わせたまま、瞳が揺れる。
込み上げてきた感情を自分の中で抑えていられない。
「──ッぅ…」
歯を嚙み締めてこぼれ落ちる涙を、頰に這わせまいと手の
ひらで拭った。
王子があたしの手を退けるようにして、そっと涙を拭う。
優しい瞳。
「…それだけ？」
さっきよりずっと優しく囁くように唱える声。
王子の上がった口角にあたしは視線を奪われる。
それだけ…？
自分の心に問い掛ける。
本当に王子に言いたいこと……
あったんじゃ…ないの？
視線は王子に釘づけのまま、あたしはゆっくりと口を開い
た。
ドキン
ドキン…
声となって出てきそうなくらい心臓は音量を上げていく。
聞きたかったこと──…
「か…つ穂くんは…あたしのこと……」
王子は優しく微笑むようにあたしを見下ろす。

いつの間にか挟まれたドアとの間。
王子はドアに手を伸ばし、あたしは王子とドアに挟まれていた。
「ンッ」
唇にぶつかる王子の唇。
王子はゆっくりと、あたしの耳元に顔を近づけた。
「最初からそう言えよ。面倒なことさせんな…」
へっ!?
耳元での言葉。
「んふっ」
耳に意識を傾けていると、王子は少し強引にあたしの唇を包み込んだ。
柔らかな感覚。
唇で唇を挟んで、ゆっくりと中に入り込む。
でも唇だけ。
唇だけで犯されていく。
「んっ‼ちょっ…違くてッッ」
ぐいっと王子の頬をあちらへ押した。
こんなんじゃなくて…もっと…言葉が…
欲しいんだよ?
それだけで伝わるのか、王子はあたしの火照った顔を見つめた。
今度は視線に犯される。
長いまつげをあたしに見せる、ちょっと伏せた瞳。

つんとした表情。
凛とした空気。
この雰囲気にあたしはいつも、この上ないくらいドキドキするんだ。
「千亜稀はどうなの？仲いいじゃん、アイツと」
王子がムスッと表情を曇らせて言う。
両手をあたしの腰のところからドアに伸ばし、少し前屈みになっているので、目線が近く、表情がよく分かった。
……もしかしてこれが…
マミヤちゃんの言っていた……
ヤキモチ???
あたしは喜びを隠しきれずニヤリと笑ってしまった。
そんなあたしを見て、王子は無表情ながらムッと眉をしかめた。
そんな表情が嬉し過ぎるあたしは、含みを持たせるように、隠しきれないニンマリの笑顔で言った。
「……何の関係でもないよ？」
「知ってる」
即答で返ってきて2回目。
素っ気なく冷たく返ってきた。
(んなっ⁉)
な…なら聞くなよ…
眉をしかめて王子を見ると、王子はあたしの髪を掬った。
「…この香りは？」

掬い上げた髪に唇を近づけ、あの強い瞳で言う。
「…ぁ」
口を開いてその質問に答えようとした時、心の中のあたしがストップをかけた。
「次はあたしの番!!何であの子とデートしたの?」
キュッと唇を突き出して、あたしは尋ねた。
「……別に?」
王子は答えを濁す。
………。
あたしは、ムッ…っと顔を歪めた。
いつも…自分ばっか…
「…自分ばっか…ズルイ」
いつもそうやってあたしばかり…
あたしに言わせて自分は答えを濁すんだ。

空気が変わる。
重く湿っぽい空気が二人の間を流れた。
そんな空気に気付いてか王子が呟いた。
「…ムカついたから。
アイツにムカついたから」
王子は表情を変えることなく、無表情でそう言う。
「ア、イツ…?」
あたしは小さく繰り返した。
「…隣の席のアイツ」

すごく恐い。
顔だけじゃなく
オーラが……取り巻く空気が………
恐い。
あたしは、よく分かっていないくせにコクコクと頷いて見せた。
そんなあたしを見て王子は、ニコリと笑う。
「とでも言うと思った？」
(こ…この男…)
一瞬でも、嬉しい！と思ってしまったじゃないか！
あたしは、ますます剥いた白目と半開きの口で王子を見上げた。
「で？充の匂いは何？」
完全に、王子主導のペース。
ニッコリと頬を上げ、でも目は笑っていないあの顔。
……これまた…恐い…
「…マミヤちゃんにつけられた」
蚊のなくような声で答えると、さすがの王子もこれには意表を突かれたようで「は？」という顔をした。
が、すぐに「そゆことね」と王子は余裕の笑みを持った。
スルリと、二人の壁が消えて無くなるような感覚を覚える。
王子の事は結局は何も知れていない。
好きな食べ物も
これまでの事も

知りたい事全て、まだ聞けていない。
でも何だかそんなこと、どうでもよく感じられた。
焦って知る必要はない。
少しずつ時間をかけて…
ゆっくりと知っていけたらいい。
他の誰よりも近い位置で
王子の傍で少しずつ
知っていけたらいい…。
「………」
視線が重なり合う。
ピンク色に染まるあたしの頬と強い瞳の王子。
ゆっくりと視線が縮まった。
「んっ」
キスが落ちてくる。
とびきり甘い、とろけるような…キス。
しっとりと柔らかく唇が重なり、離れてはまた重なる。
王子が口を開けた。
瞬間。
あたしの口は強く塞がれる。
冷たく柔らかい舌を転がして、あたしを優しく包み込む。
艶美なキスは妖気な音と共にあたしを包み込んだ。
「ふェ…」
ガクガクと膝が震え、あたしは王子にすがるようにシャツを掴んでいた。

王子は何も言わず、あたしの腰元にあるドアノブをゆっくりと下ろし、扉を開く。
キスをしたまま、キスをしながら、うつろなあたしの足腰を支えて王子はゆっくりとベッドに流れこんだ。
「ちょっ…待…」
「待てない」
王子の瞳が強く揺れる。
見つめられるだけで…体が…熱い。
「…前みたいに……イジワルは……しないで？」
あたしは震える声でそう漏らした。
そう…
前の王子は
あたしの反応を愉しむように……
あたしばかりをセメた。
恥ずかしくて…恥ずかしくて………
「何で？気持ちかったじゃん？」
王子がイジワルそうに、イタズラっぽくニコッと笑う。
その瞬間、あたしはカッと耳まで熱くなる。
「だってあれじゃ…」
あたしがもたなくて…デキてないじゃない……
なんて言えない。
顔だけが熱く染まる。
キスも抱きしめてくれるのも
嬉しい。

でも王子は
それで…いいの？
「これからこれから」
ニコッと笑って、王子はあたしの上にまたがった。
「受け入れてくれんの？」
耳元で囁く王子の声。
もう何が何だか分からない状況で王子の声があたしに注ぐ。
「…ゥ…うけ…？」
「嫌じゃないかって聞いてんの」
…いや、聞いてないだろ…
あたしは冷静にツッコミを入れた。(もちろん心の中で)
「まぁ嫌って言ってもそんなのスルーなんだけど」
おいっΣ
ムードをぶち壊すように、うつろに口を開けて王子を見ると王子があたしの口の中に指を入れる。
「ふが!?…ッ」
にっこりと微笑む顔は、イジワルな王子様。
ホントのホントに嫌と言えばきっとしない。
「いいよ」の「嫌」を分かってる。
あたしはギュッと抱きしめられた。
「─もう我慢出来ない…」
キスを落として強い瞳で甘く囁く。
あの仕種。
あたしの髪を掬い上げて、髪にそっとキスをする。

ジッと視線に犯されて、昇りきった体がまた熱く疼いた。
「…ってチアキが言ってるw」
「Σ！！？」
王子のキスは甘くて甘い。
視線に犯されて
くちづけに酔わされて
心も奪われて
そして二人で快楽の海に溺れていく。
王子はイジワルで自分勝手でワガママで──…。
でもあたしに触れる手は、他にないくらいとびきり優しい。
余裕しゃくしゃくで微笑むその顔があたしに近づいて頬にキスをして…
ゆっくりと体が重なった─。
「……好……き…？」
快楽の波に呑まれながら囁いたその声に、王子が優しく微笑んだ
ように見えた。
そんな王子を感じながら、あたしは白い光の中へと意識が遠退(とお)いていった。

「…大人になっちゃった」
ベッドで前の位置。

王子の腕に寝転んで、毛布から目だけを出して王子に言う。
するとあの笑顔。
優しく微笑む表王子から、キラキラと優しい笑顔が降り注ぐ。
この顔…ヤバイよ…
ホントに…かっこ良すぎ……
ぽぉっと余韻と共に、意識を王子に傾ける。
この腕に抱かれたの…？
あんなに優しく…は…激しく……？
ってッ‼︎
あたしのエロ‼︎
何思い出してんのよバカバカバカァッ‼︎
毛布にグリグリと額をこすりつけ、変な妄想を頭から跳ね飛ばした。
「まだまだ序の口じゃね？」
「⁉︎」
そんなあたしを尻目に、そう言う王子はやはり裏顔。
あたしの首筋にペロッと舌を這わせて妖気に笑う。
「千亜稀シメただろ」
「なっ？！？！」
どっちの意味とも取れる単語を並べて、クスリとエロ笑い。
あたしの首に吐息をかける。
「キャッ」
体を跳ね上げるあたしを見て、また愛しく笑った。

この王子のこの顔にあたし、騙されてはいやしない？
あの時、
『好き？』
と尋ねたあたしに
微笑みながら何かを呟いた。
そうだ…
もう一度言ってもらおう
あの時のあの言葉を、心の中に刻んでいけるように。
これから沢山の事を知っていこうね。
絡まったならゆっくりと、また一緒に解いていこう。
ムフフと不敵に笑うあたしに、怪訝な表情を浮かべる王子。
「…追試どうなるって？」
「んがッ⁉」
夢うつろ、永遠の愛を（一人）誓っていたあたしに、現実をつきつけて王子が口角を上げて、鼻で笑う。
あ…ι
赤点取ったこと…
どうやらバレていたらしい…
チーン…泣

(S彼氏上々②に続く)

※この物語はフィクションです。実在の人物・団体等は一切関係ありません。

本書に対するご意見、ご感想をお寄せください。

あて先

〒160-8326
東京都新宿区西新宿4-34-7

アスキー・メディアワークス　魔法のｉらんど文庫編集部
「ももしろ先生」係

著者・ももしろ ホームページ
「Milky Sky」
http://ip.tosp.co.jp/i.asp?I=momonosorairo

「魔法の図書館」
(魔法のiらんど内)
http://4646.maho.jp/

魔法のiらんど

1999年にスタートしたケータイ(携帯電話)向け無料ホームページ作成サービス(パソコンからの利用も可)。現在、月間35億ページビュー、月間600万人の利用者数を誇るモバイル最大級コミュニティサービスに拡大している(2008年3月末)。近年、魔法のiらんど独自の小説執筆・公開機能を利用してケータイ小説を連載するインディーズ作家が急増。これを受けて2006年3月には、ケータイ小説総合サイト「魔法の図書館」をオープンした。魔法のiらんどで公開されている小説は、現在100万タイトルを越え、口コミで人気が広がり書籍化されたのはこれまでに70タイトル以上、累計発行部数は1,300万部を突破(2008年3月末)。ミリオンセラーとなった『恋空』(美嘉・著)は2007年11月映画公開、翌年にはテレビドラマ化が決定。2007年10月「魔法のiらんど文庫」を創刊。文庫化、コミック化、映画化など、その世界を広げている。

魔法のiらんど文庫

S彼氏上々①

2007年12月20日　初版発行
2009年6月15日　6版発行

著者　ももしろ

装丁・デザイン　カマベヨシヒコ(ZEN)
発行者　髙野 潔

発行所　株式会社アスキー・メディアワークス
〒160-8326
東京都新宿区西新宿4-34-7
電話03-6866-7324(編集)

発売元　株式会社角川グループパブリッシング
〒102-8177
東京都千代田区富士見2-13-3
電話03-3238-8605(営業)

印刷・製本　図書印刷株式会社

落丁・乱丁本はお取り替えいたします。定価はカバーに表示してあります。

Ⓡ本書の全部または一部を無断で複写(コピー)することは、著作権法上での例外を除き、禁じられています。本書からの複写を希望される場合は、日本複写権センター(電話03-3401-2382)にご連絡ください。

©2007 Momoshiro　Printed in Japan　ISBN978-4-04-886008-6　C0193

魔法のiらんど文庫創刊のことば

『魔法のiらんど』は広大な大地です。その大地に若くて新しい世代の人々が、さまざまな夢と感動の種を蒔いています。私達は、その夢や感動の種が育ち、花となり輝きを増すように、土地を耕し水をまき、健全で安心・安全なケータイネットワークコミュニケーションの新しい文化の場を創ってきました。その『魔法のiらんど』から生まれた物語は、著者と読者が一体となって、感動のキャッチボールをしながら生み出された、まったく新しい創造物です。

そしていつしか私達は、多数の読者から、ケータイで既に何回も読んでしまったはずの物語を「自分の大切な宝物」、「心の支え」として、いつも自分の身の回りに置いておきたいと切望する声を受け取るようになりました。

現代というこのスピードの速い時代に、ケータイインターネットという双方向通信の新しい技術によって、今、私達は人類史上、かつて例を見ない巨大な変革期を迎えようとしています。私達は、既成の枠をこえて生まれた数々の新しい物語を、新鮮で強烈な新しい形の文庫として再創造し、日本のこれからをかたちづくる若くて新しい世代の人々に、心をこめて届けたいと思っています。

この文庫が「日本の新しい文化の発信地」となり、読む感動、手の中にある喜び、あるいは精神の支えとして、多くの人々の心の一隅を占めるものとなることを信じ、ここに『魔法のiらんど文庫』を出版します。

2007年10月25日

株式会社 魔法のiらんど

谷井 玲